HISTOIRE

DE

MONÉTEAU

(YONNE)

PAR

M. l'abbé H. BOUVIER

OFFICIER D'ACADÉMIE

MEMBRE DE PLUSIEURS SOCIÉTÉS SAVANTES

AUXERRE

IMPRIMERIE DE LA CONSTITUTION, RUE DE PARIS, 31.

—

1897

HISTOIRE DE MONÉTEAU

(YONNE)

EXTRAIT DU *Bulletin de la Société des Sciences historiques et naturelles de l'Yonne*, 1er SEMESTRE 1897.

HISTOIRE

DE

MONÉTEAU

(YONNE)

PAR

M. l'abbé H. BOUVIER

OFFICIER D'ACADÉMIE

MEMBRE DE PLUSIEURS SOCIÉTÉS SAVANTES

AUXERRE

IMPRIMERIE DE LA CONSTITUTION, RUE DE PARIS, 31.

1897

HISTOIRE DE MONÉTEAU

PRÉFACE

L'attrait et le mérite principal d'un travail historique consistent à découvrir la trame secrète qui relie les événements humains et à en développer l'enchaînement, avec ses complications et ses lois.

Une telle prétention ne saurait être de mise dans la simple monographie d'une commune rurale. Au milieu de la monotonie et de la vie laborieuse de la campagne, les faits importants sont rares et le souvenir ne s'en est pas toujours transmis jusqu'à nous. Bien souvent même les incidents sans importance sont ceux dont les détails se sont conservés avec le plus de fidélité, et le chercheur ne pouvant se résoudre à les laisser de côté, les consigne précieusement, au risque d'ôter aux événements leur importance respective et d'en présenter une image disproportionnée.

Ce serait donc s'abuser que de vouloir narrer d'une façon complète l'histoire d'un village, alors que les documents qui le concernent sont peu nombreux, parfois sans aucun lien apparent et de nature dissemblable.

Mais si l'historien ne trouve que peu d'attrait à jeter son regard sur un point si étroit, une pareille étude ne manque pourtant pas de l'intéresser, et, dans ses recherches, il a la satisfaction de découvrir parfois, dans la nuit du passé, non seulement des lueurs fugitives, mais aussi des traits lumineux qui lui permettent de faire revivre, dans son étude, les générations qui ont formé jadis la grande famille paroissiale.

A ce titre, l'écrivain est toujours sûr d'attirer l'attention, lorsqu'il raconte à ses concitoyens les faits qui se sont déroulés dans leur village. Ce coin de terre est celui qui les a vus naître ; il incarne pour eux la patrie ; il résume toutes leurs affections. Aussi y demeurent-ils attachés par les fibres les plus intimes de leur cœur ; jamais son image ne les quittera, en quelque lieu qu'ils soient portés par les hasards de la vie, et elle les accompagnera jusqu'à leur dernier soupir. Dès lors aucun des faits qui s'y sont produits dans les siècles passés ne leur demeure indifférent, et le trait qui semble de nulle valeur à l'étranger est celui peut-être que leur curiosité saisira avec le plus d'avidité.

En écrivant cette monographie, je pense donc avoir fait une œuvre agréable aux habitants de Monéteau, et c'est à eux que je la dédie. Il y retrouveront la physionomie fidèle et assez complète qu'a présentée leur pays dans les différentes phases de sa vie d'autrefois (1).

Au-dessus des menus détails, ils constateront en particulier deux lois de l'histoire qui se dégagent de l'ensemble des faits.

Les développements de la vie sont les mêmes pour les sociétés que pour les individus, et si nous pouvons à juste titre nous enorgueillir de la civilisation et du progrès matériel de notre siècle, il serait injuste de mépriser nos ancêtres qui ne les ont pas connus, mais qui les ont préparés lentement et péniblement. Chez les peuples comme chez l'homme, les langes de l'enfance et l'inexpérience du jeune âge précèdent l'épanouissement de la maturité.

De plus, si la France a toujours marché à la tête des nations civilisées, c'est que, sous les différents régimes politiques auxquels elle a été successivement soumise, elle est allée puiser les principes féconds de sa force et de sa grandeur dans la doctrine du Christ.

HENRI BOUVIER,
Curé de Monéteau.

Le 16 Juin 1896, en la fête de saint Cyr.

(1) La plus grande partie des documents de ce travail a été puisée dans les archives de l'ancien Chapitre cathédral d'Auxerre, lesquelles sont conservées aujourd'hui au dépôt des Archives de l'Yonne.

INTRODUCTION

Lorsque le voyageur quitte la ville d'Auxerre par la route de Seignelay, il s'avance, dans la direction du nord, sur une large et belle avenue, au milieu de la fertile vallée de l'Yonne. Il dépasse bientôt le hameau de Jonches et pénètre sur le territoire de Monéteau.

A gauche, la plaine s'incline doucement jusqu'au pied de la côtedes Chesnez, le long de laquelle coule avec lenteur l'Yonne, retardée dans son cours par le barrage des Dumonts. Sur le bord de la rivière, non loin de la métairie des Isles (jadis un couvent de cisterciennes), apparait le hameau des Dumonts, et l'on entend le mugissement de l'eau qui jaillit de son écluse en cascades étincelantes ; au sommet du côteau recouvert de vignes, le château des Chesnez se cache au milieu des arbres.

A droite, la chaussée du chemin de fer de Nevers à Laroche suit une direction parallèle à la route ; sur le penchant de la colline, au milieu des vignes et des moissons, s'étendent les deux hameaux du Petit et du Grand Saint-Quentin, avec le château de Montaigu, et, un peu plus haut, la forêt recouvre de sa masse verdoyante les pentes sablonneuses et le sommet du Thureau du Bar.

A mesure que l'on avance, le paysage se déroule devant les yeux dans sa simplicité charmante et champêtre, et les points blancs des maisons, au milieu de la campagne, lui donnent un air d'élégance et de gaieté. Bientôt le bourg de Monéteau apparait, étendu au milieu de la vallée. Sur la droite, le petit hameau de la Seiglée forme comme un prolongement du village, tandis que, de l'autre côté, se montrent le château des Boisseaux, au milieu d'un nid de verdure, et, plus loin, Sommeville et sa résidence que l'on entrevoit à travers les grands peupliers.

Lorsque le touriste est entré dans le bourg, il voit bientôt se présenter devant lui un panorama qui a tenté le pinceau de plus d'un peintre. L'Yonne, qui longeait la rive gauche de la vallée, revient en un gracieux méandre contre l'autre rive et la côtoie pendant quelque temps, puis s'infléchit de nouveau et reprend sa direction du côté de Gurgy et d'Appoigny.

Le bourg est bâti sur cette boucle, des deux côtés de la rivière. A droite c'est l'Eteau, avec ses villas et sa belle rue qui le traverse dans toute sa longueur. A gauche, parmi les jardins apparaît Monéteau, dominé par son église massive et la tour sombre du clocher. Au milieu, se dresse sur la rivière, avec hardiesse et légèreté, le pont suspendu et l'on aperçoit par dessous, un peu plus bas, un îlot verdoyant, au milieu des eaux qui fuient dans le lointain.....

CHAPITRE PREMIER

CONSTITUTION GÉOLOGIQUE DU SOL

Le bourg est situé à l'endroit où les dernières couches du jurassique supérieur s'enfoncent en diagonale sous terre, dans la direction de Paris, et sont recouvertes par les premiers lits du crétacé inférieur. La vallée de l'Yonne s'est formée dans son état actuel vers la fin de l'époque tertiaire, après le dernier soulèvement de la zône parisienne, quand les eaux surabondantes du bassin supérieur de l'Yonne, de la Cure et du Cousin ont creusé ces assises sur une profondeur qui va, dans la vallée, près de Monéteau, jusqu'à 125 mètres. En effet, le sommet du Thureau du Bar est à une altitude de 220 mètres et celui de la montagne de Saint-Georges, à 209 mètres, tandis que le fond de la vallée de l'Yonne n'est coté qu'à 95 mètres, vers le barrage des Dumonts.

En amont de Monéteau, la vallée est ouverte dans le massif résistant du calcaire portlandien et, pour ce motif, n'a guère plus d'un kilomètre de large. Mais en aval du village, à partir de l'endroit où le ruisseau de Beaulche vient se jeter dans l'Yonne, la vallée pénètre dans les sables et les argiles du néocomien et elle s'étend, dans ce sol mouvant et sans consistance, sur une largeur de trois kilomètres.

Le terrain de la formation la plus ancienne à Monéteau est le PORTLANDIEN OU CALCAIRE DU BARROIS. Cette dernière couche du jurassique s'étend, vers Auxerre, en une bande qui va du sud-ouest au nord-est et se perd obliquement sous terre, à la hauteur des Dumonts (1). En cet endroit, cette couche se manifeste avec les caractères suivants : Calcaire compacte, jaunâtre, durci et corrodé irrégulièrement à la face supérieure ; $0^{m}30$ d'épaisseur. Il est superposé à un calcaire grossier, en partie oolithique, jaune, épais de $0^{m}40$, se liant inférieurement avec un calcaire compact, blanchâtre et fort épais. Ces bancs forment la partie supérieure de l'étage portlandien dont l'épaisseur moyenne est de 40 mètres. Les parties compactes fournissent du moellon et de la pierre à chaux. Parmi les fossiles qu'on y rencontre, citons en particulier : *Pinna suprajurensis*, *Cardium Veroti*, et *Natica Marcousana*. Cette couche, visible du côté des Dumonts, est recouverte, à Saint-Quentin, par les sables des assises supérieures.

(1) *Statistique géologique de l'Yonne*, par Raulin et Lameyrie.

Au-dessus du *Portlandien*, on rencontre dans leur ordre de superposition :

1° CALCAIRE A SPATANGUES. — Cette couche, la première des terrains crétacés, a une épaisseur d'environ 5 mètres. Elle se compose, à Monéteau, de calcaires grossiers et compactes, grisâtres ou jaunâtres à points jaunes, en bancs de 0m06 à 0m03 inférieurement, et plus minces supérieurement ; ils sont séparés par des lits d'argile jaune. Les fossiles y sont très nombreux : *Toxaster complanatus*, *Holectypus macropygus*, *Pholadomia elongata*, *Terebratula tamarindus*, etc., et différents polypiers.

2° MARNES OSTRÉENNES. — Elles sont formées par des argiles grises ou gris-jaunâtre, renfermant une grande quantité de lits irréguliers de *lumachelles* bleuâtres, grises ou jaunâtres. On appelle ainsi des bancs de pierre, ressemblant à du marbre grossier, et remplis d'une infinité de coquilles fossiles. Ils forment plusieurs seuils dans la rivière à Monéteau et c'est probablement pour ce motif qu'on leur a donné dans le pays le nom de *pierre de rivière*. On les emploie beaucoup comme matériaux de construction. Les *marnes ostréennes* ont une épaisseur moyenne de 20 mètres et on y rencontre, parmi les fossiles : *Ostrea Leymerii*, *Toxaster Ricordeaui*, *Ammonites Leopoldinus*.

3° SABLES ET ARGILES BIGARRÉS. — Ils sont constitués par des sables fins et des argiles panachés de blanc, de jaune, de rouge, de violet, de gris, etc. Tantôt les sables et les argiles sont mélangés, tantôt ils sont nettement séparés les uns des autres. Cette couche qui a une épaisseur de 6 mètres est dépourvue de fossiles. Les argiles, employées seules, pourraient donner des poteries réfractaires.

4° ARGILES A PLICATULES. — Ces argiles sont grises, très pures, pyriteuses, et renferment parfois des rognons et des plaquettes de calcaire argilifère plus ou moins dur. En montant par la route de Sougères, on voit, à 7 ou 8 mètres au-dessus de la vallée, des argiles grises et, plus haut, des argiles jaunes renfermant les fossiles caractéristiques de cette couche : *Plicatula placunea*, *Terebratella astieriana*, *Ammonites Deshayesi*, etc. L'épaisseur est d'environ 10 mètres. A peu de distance de Monéteau, sur le territoire de Gurgy, cette couche se trouve immédiatement sous les sables quaternaires et on y exploite, dans l'argile, plusieurs bancs de rognons pyriteux, lesquels sont transformés, à Auxerre, en une poudre noire qui remplace, dans la peinture, le noir animal.

5° SABLES DE LA PUISAYE. — Cette assise de 60 mètres de puissance, n'a pas une composition uniforme ; dans la masse sableuse s'intercalent plusieurs lentilles argileuses qui alimentent des tuileries. De ce nombre était celle de l'Ermitage. Les sables sont souvent ferrugineux et tantôt fins, tantôt chargés de grains de quartz en amande ; ils ont une teinte vert-jaunâtre ou encore jaune-rougeâtre. Le ciment ferrugineux a produit en certains endroits des grès répandus soit en fragments soit en gros blocs exploités comme moellons ; il arrive même que le fer est assez abondant pour former un composé hydroxydé arénifère qui a dû être exploité autrefois comme minerai sur le thureau du Bar. C'est à cette formation qu'appartient la *Pierre qui danse*, située dans le bois de Montaigu, et qui mesure 1m 80 de haut, sur 1m 45 de large et 0m 60 d'épaisseur.

Les *sables de la Puisaye* recouvrent tous les sommets, autour de Monéteau ; d'un côté ils commencent au thureau de Jonches et s'étendent au-delà de Pien ; de l'autre, ils vont de la montagne de Saint-Georges jusqu'au-dessous des Chesnez. Dans plusieurs endroits, les sables glissant sur les pentes des collines, masquent les couches sous-jacentes. Cette assise forme un des principaux réservoirs du département, à cause des argiles inférieures qui retiennent les eaux des pluies ; elle alimente le puits artésien de Grenelle, à Paris.

A Monéteau, la montagne des Chesnez fournit plusieurs sources, entre autres celle des Boisseaux qui ne tarit jamais. Au pied du thureau du Bar se forme un petit ruisseau qui va se jeter dans l'Yonne, près de la Commanderie, et qui se dessèche presque tous les étés. Nous ne mentionnons pas les petites sources plus ou moins apparentes qui suintent des deux côtés dans la vallée et y entretiennent, dans les temps humides, une nappe d'eau supérieure à la rivière.

6° TERRAINS QUATERNAIRES. — Ils sont représentés à Monéteau par les *alluvions anciennes* dont on rencontre une bande à Saint-Quentin, au pied de la colline, et une nappe assez étendue à Sommeville, au bas de la montagne des Chesnez, dans le triangle limité par l'Yonne et le ruisseau de Beaulche. Elles s'élèvent à une hauteur qui va jusqu'à 40 mètres au-dessus du fond de la vallée.

Ces couches sont formées par la désagrégation des terrains du bassin supérieur de l'Yonne qui ont été entraînés et triturés, au commencement du quaternaire, par les courants énormes et torrentiels de cette époque. Elles se composent, à la base, de cailloux sur lesquels reposent des assises sableuses et caillouteuses, et, au-dessus, un banc argilo-sableux plus fin. Les éléments de ces sables sont en grande partie calcaires, mais on y rencontre en proportion assez considérable des débris de gneiss, de granit, de porphyre et autres pierres appartenant aux terrains primitifs du Morvan. Ajoutons qu'on a trouvé dans ces couches des dents d'éléphant (1), près du *Pont de Pierre*. M. Richard a recueilli également des cornes de cerfs dans les alluvions de Saint-Quentin.

Les *alluvions modernes* occupent le fond et toute la largeur de la vallée, où elles recouvrent d'ordinaire les alluvions anciennes. Elles sont composées des mêmes éléments que ces dernières, mais les graviers sont plus fins et le sable y domine.

Toutes ces alluvions sont recouvertes d'une couche plus ou moins épaisse de terre arable, allant de 20 cent. à plusieurs mètres; elle provient du mélange des terrains préexistants, causé par les agents atmosphériques et autres causes physiques, et contient en proportions variables du sable, de l'argile et du calcaire.

Le cours actuel de l'Yonne s'est creusé un lit d'une largeur moyenne de 40 mètres dans les alluvions de la vallée.

CHAPITRE II

DEPUIS LES TEMPS LES PLUS ANCIENS JUSQU'AU IXe SIÈCLE

L'emplacement actuel de Monéteau, sur les bords de l'Yonne, dut, à cause des avantages de sa situation, attirer l'attention des premières peuplades sauvages qui vinrent se fixer dans la contrée. On sait que les cours d'eau ont été les premières voies parcourues par l'homme et que c'est sur leurs bords que se sont établis les premiers émigrants.

En dehors du poisson fourni par la rivière, les habitants pouvaient trouver une alimentation facile dans la fertile plaine qui s'étend, à cet endroit, sur la rive gauche de l'Yonne. En cas d'invasion ou de surprise, deux gués très rapprochés permettaient de passer vivement de l'autre côté de la rivière, et le thureau du Bar, avec sa vaste forêt qui descendait jusqu'au bas de la vallée, réservait aux fuyards un asile prompt et assuré.

Ces deux gués, situés à chaque extrémité de la courbe que décrit l'Yonne à Monéteau, formaient des moyens de communication qui ont rendu de très grands services dans la suite des temps, jusqu'à notre époque. Supprimés lors de l'établissement des barrages, ils sont avantageusement remplacés aujourd'hui par un pont suspendu.

(1) On sait qu'il existait dans nos contrées, pendant l'époque tertiaire et au commencement du quaternaire, une température subtropicale qui permettait de vivre aux éléphants et autres grands mammifères de ce genre.

Le premier de ces passages était situé en amont du village, près de l'endroit où a été construit le barrage des Boisseaux et il portait le nom de « Gué de l'Epine ». Comme la rivière barrait la vallée dans toute sa largeur, il servait à relier la région supérieure de la rive droite à la rive gauche et à la grande voie qui va d'Auxerre à Paris.

Le second, situé en aval et près du barrage de Monéteau, était appelé le « Gué de Thizouailles », du nom d'une terre située à cet endroit et appartenant au seigneur de Saint-Maurice-Thizouailles. Comme la rivière traverse plus bas la région des *sables de la Puisaye* jusqu'à Bassou et qu'elle s'est creusé un lit profond dans ces terrains mouvants, il s'ensuit que le gué de Thizouailles était le seul passage reliant, sur une longueur de plusieurs lieues, la rive droite de l'Yonne avec la rive gauche et la vallée de Beaulche.

Cette importance stratégique de Monéteau, quoique d'une valeur très secondaire, n'a pas échappé aux premiers occupants du pays, et il y a tout lieu de croire que dès l'époque gauloise un village s'est formé en cet endroit.

Bien que l'on ait trouvé des silex taillés aux environs de Monéteau, sur le petit thureau du Bar, sur la montagne de Saint-Georges et à Chemilly, les hommes de *l'époque paléolithique* n'ont laissé sur le territoire de la commune aucun vestige, aucun instrument que nous connaissions.

Il faut sans doute reporter à la période *néolithique* un monolithe grossier, signalé comme menhir à un des Congrès archéologiques de France et qui a reçu le nom de *Pierre qui danse*. C'est un rocher ayant 1m 80 de haut sur 1m 45 de large et 0m 60 d'épaisseur. Il est situé au-delà de Saint-Quentin, près du rû Fagot, à 30 mètres de la voie romaine.

Les vestiges de l'époque romaine sont assez nombreux à Monéteau. Signalons d'abord deux voies romaines. La première, dite *Voie d'Agrippa* ou *Chemin des Romains*, et qui allait d'Autun à Boulogne en passant par Auxerre et Troyes, traversait le finage de Monéteau, au-dessus de Saint-Quentin, se dirigeant de Jonches vers le hameau de Pien. L'autre voie romaine allait d'Auxerre à Paris et traversait le rû de Beaulche probablement à l'endroit où se trouve aujourd'hui le *Pont de Pierre*.

Une sépulture gallo-romaine a été découverte, en 1860, à Saint-Quentin, et les objets qui l'accompagnaient furent donnés au Musée d'Auxerre par M. Boursin, maire de Monéteau. En voici la nomenclature :

1° *Fragment d'un Pot* ou *Urne funéraire*, en poterie noirâtre, grossière comme substance, assez élégante comme forme.

2° *Grande Epingle en bronze*, dans le genre de celles que les paysannes des Abruzzes placent dans leur chignon.

3° *Objet en bronze*, sorte d'épingle dont la tête a été recourbée de manière à former un anneau à la partie supérieure.

4° *Lame de couteau en bronze.*

5° *Plaque de fibule en bronze*, oblongue.

6° *Collier*, composé de petits tubes de cuivre réunis en groupe avec un anneau suspendu dans l'intervalle de chaque groupe. Ces anneaux sont ornés de cannelures en spirale. L'ensemble, quoique d'une grande simplicité, ne manque pas d'élégance.

Tous ces objets ont certainement appartenu à une femme (1).

A l'autre extrémité de Monéteau, au nord-ouest, dans l'angle formé par le nouveau chemin dit du Tacot et la route nationale d'Auxerre à Paris, on a trouvé, au milieu d'une sablière, un très grand nombre de sépultures que l'on croit gallo-romaines. Depuis longtemps ce cimetière a été découvert dans la partie qui s'étendait de l'autre côté du chemin, sur le territoire d'Appoigny. De là lui est venu sans doute le nom de « Cimetière des Bries » ou « du Pont-de-Pierre » qui lui a été donné par les archéologues. Dom Viole en parle dans ses *Mémoires* (2).

MM. Henri Gallois et Leblanc Davau y ont recueilli une vingtaine de pièces de poterie qui sont déposées aujourd'hui au Musée d'Auxerre (3). Un certain nombre de sépultures étaient à incinération.

Dans la carrière située sur le territoire de Monéteau, on a trouvé, depuis quelques années, un grand nombre de sépultures, avec poteries. Plusieurs de ces débris précieux ont été malheureusement détruits. M. Faure, des Chesnez, y a rencontré, entre autres objets, une écuelle en terre noirâtre, avec bords légèrement rentrés, une petite amphore à deux anses, une conduite d'eau semi-circulaire, en terre rouge brute et des clous oxidés.

Nous avons nous-même fouillé plusieurs de ces sépultures et nous y avons trouvé deux cassolettes, de texture élégante, placées vers la tête du cadavre. Nous y avons rencontré également des clous oxidés, deux à chaque extrémité de la sépulture. Ces clous ont environ dix centimètres de long et la même forme que ceux d'aujourd'hui ; l'oxidation qui a pris la forme du fil du bois, le nombre et la place de ces clous semblent indiquer que le corps

(1) *Catalogue du Musée d'Auxerre*, p. 26.

(2) Cf. *Catalogue du Musée*, Archéologie régionale, p. 90.

(3) Cf. Leblanc Davau, dans *Recherches sur Auxerre.*

était recouvert d'une planche d'environ trois centimètres d'épaisseur, clouée à ses extrémités sur un morceau de bois debout.

Dans l'une de ces sépultures nous avons recueilli, contre les pieds du squelette, une centaine de petits clous, déformés par l'oxidation et paraissant avoir été de la grosseur de nos clous de soulier. Ces clous étaient, selon toute vraisemblance, enfoncés dans les sandales de bois ou de cuir que l'on portait à cette époque. Nous avons remarqué des clous de la même forme au Musée de Soissons où ils sont classés dans l'époque mérovingienne.

Dans une autre sépulture nous avons découvert, sur les jambes du squelette qui paraissait appartenir à une femme, une pierre taillée, en forme d'une stèle carrée, de cinquante centimètres de hauteur ; elle a dix-huit centimètres à la base, et douze seulement au sommet qui est arrondi. Sur l'une des faces, on voit un dessin creusé en ronde-bosse, représentant une femme ; pour donner une idée de son caractère primitif et grossier, il suffira de dire que la longueur de la tête et du cou est aussi grande que celle du reste de la figure. Deux traits, en haut de la tête, paraissent représenter des cornes. Nous ignorons à quelle divinité appartenaient ces attributs, les seuls qui soient représentés sur cette curieuse sculpture.

Il est encore à remarquer que toutes ces sépultures sont tournées du côté de l'Orient et que l'on trouve dans la couche arable un grand nombre de débris de poterie, portant les mêmes caractères que les vases des sépultures.

De l'ensemble de ces données il y a lieu de conclure qu'un village a existé jadis à cet endroit, et si la médaille de *Faustine l'ancienne*, trouvée dans l'une de ces poteries (1), permet d'affirmer son existence dès la fin du premier siècle, les clous nous permettent de prolonger cette existence dans les siècles suivants.

Parmi les vestiges de cette époque, il faut encore signaler quatre médailles en bronze, trouvées aux Chesnez, et qui font partie de la collection de M. Faure. Elles sont de moyen module. L'une porte, d'un côté, les têtes couronnées d'Auguste et de Caïus César (quelques années avant J.-C.), et, de l'autre, une palme à laquelle sont attachés, en haut, une couronne et, en bas, un crocodile ; elle a été frappée dans la colonie romaine de Nîmes. Une autre pièce est de Néron (54 à 68 après J.-C.) ; au revers est représentée une victoire debout, tenant un bouclier. Enfin les deux autres, dont une surfrappée, sont d'Antonin (138-161 après J.-C.).

(1) Cf. Leblanc Davau.

Mentionnons, en dernier lieu, la découverte qui fut faite à Sommeville, en 1820 (1), d'un très grand nombre de médailles du IIIe et du IVe siècle, en particulier de Dioclétien.

A défaut de documents plus précis, ces restes témoignent que le territoire de Monéteau, sinon l'emplacement du bourg, était occupé par une population assez dense et que la civilisation romaine y avait pénétré comme dans le reste de la Gaule.

De ces temps reculés il faut descendre jusqu'au IXe siècle pour rencontrer la première mention historique du village de Monéteau.

CHAPITRE III

DEPUIS LE IXe SIÈCLE JUSQU'AU XVIe

Le document le plus ancien se rapportant d'une manière certaine à Monéteau, date du 30 juin 853. Le roi Charles le Chauve, par une charte donnée aux moines de Saint-Germain d'Auxerre et à leur abbé, Hugues, les confirme dans la possession de plusieurs « villæ » de l'Auxerrois. Dans ce diplôme, à côté d'Héry, d'Hauterive, de Cheny, etc., il est fait mention de *la moitié de Monéteau* — Monasteriolum medium (2).

Cette moitié de Monéteau, qui appartenait alors à l'abbaye de Saint-Germain, était la partie du village située sur la rive droite de la rivière. Le monastère ne la conserva pas longtemps, et la plus grande portion de ce territoire passa dans d'autres mains (nous ne savons par quelles circonstances), vers le Xe ou le XIe siècle; cependant les abbés de Saint-Germain conservèrent jusqu'à la fin du Moyen-âge une châtellenie au Petit-Monéteau.

Pour bien comprendre l'esprit et la portée de cet acte royal, il faut, dans un rapide coup d'œil, se rendre compte de la situation sociale de nos contrées à cette époque. Après la conquête des Gaules par les Francs, les révolutions, les guerres et les crimes de toutes sortes avaient entretenu l'anarchie pendant de longues années, sous les successeurs de Clovis. Charlemagne amena quelques années d'ordre et de paix par une sage et énergique administration, mais les dissensions de ses successeurs produisirent bientôt les mêmes désordres qu'auparavant.

Au milieu de ces temps troublés, les biens et les personnes n'étaient jamais en sûreté, et les monastères se faisaient, presque

(1) Cf. *Histoire de Seignelay*, par l'abbé Henri.
(2) *Cartul. général de l'Yonne*, t. I, p. 66.

à chaque changement de règne, confirmer dans la propriété de leurs terres.

Dans toute cette période, ces maisons devinrent le refuge de la science et de l'étude et le rempart de la civilisation; pour ce motif, elles méritèrent d'attirer sur elles la protection et la munificence du pouvoir royal. L'abbaye de Saint-Germain était alors très puissante et sa renommée s'étendait dans toute la Gaule. La rive droite de l'Yonne faisait partie de son riche patrimoine.

A côté de ces abbayes urbaines qui se livraient plus particulièrement à l'étude et à la prière, l'Eglise fondait dans les campagnes des maisons remplissant un autre but. Elles étaient, en quelque sorte, des colonies (1) agricoles où les moines partageaient leur temps entre les exercices religieux et le travail des mains. Leur occupation principale était de défricher les bois, de dessécher les marais, de labourer les terres et de rendre à la culture les régions que les guerres incessantes et les invasions des siècles précédents avaient converties en déserts. Quelques-uns des religieux étaient détachés dans des petits établissements (que l'on appela depuis prieurés), pour se livrer à ces travaux, élever du bétail et civiliser par leurs exemples et leurs leçons les habitants de la campagne.

C'est à l'un de ces établissements religieux et agricoles que Monéteau doit son nom. En effet, *Monasteriolum*, *Monestallum*, les deux noms anciens donnés à ce village, sont des diminutifs de *Monasterium* (2) et signifient « Petit monastère ». Ou bien le noyau primitif du bourg fut cette maison conventuelle autour de laquelle se groupèrent dans la suite d'autres maisons, ou bien cette espèce de prieuré fut créé auprès du village déjà existant. Dans le premier cas, Monéteau ne daterait que de l'époque chrétienne; mais,

(1) Challe. *Histoire de l'Auxerrois*, p. 63.

(2) Dans la liste des paroisses de l'Auxerrois qui devaient, du temps de l'évêque saint Aunaire (572 à 603), venir prier chaque mois dans la cathédrale d'Auxerre, il est question d'un « Monasterium decimiacence ad sanctum Ciricum » qui a paru à plusieurs historiens devoir être Saint-Cyr-les-Colons. Ce monastère de Saint-Cyr, qui payait la dîme, n'était-il pas plutôt Monéteau dont l'église a été consacrée de temps immémorial à saint Cyr ? Il y a plusieurs raisons sérieuses de le croire : d'abord l'église de Monéteau (dépendant probablement des biens donnés par saint Germain à l'évêché d'Auxerre), appartenait alors à l'église de cette ville et devait lui payer la dîme. De plus, d'après les règles de la formation du langage, cette longue appellation de « Monasterium decimiacense ad sanctum Ciricum » a dû s'abréger en celle de « monasterium » qui s'est corrompu lui-même et a donné les variantes de *Monestallum* et de *Monasteriolum* que nous retrouvons dans les siècles suivants.

comme nous l'avons dit plus haut, la seconde supposition est plus probable.

A l'époque où nous sommes arrivés, le pays auxerrois était régi par un comte dont les attributions étaient de rendre la justice, soit par lui, soit par ses délégués, dans tout le territoire, de percevoir en argent et en nature les impôts auxquels la province était soumise depuis la domination romaine, et enfin de veiller, au point de vue militaire, à la sûreté du pays. Mais l'autorité leur faisait défaut aussi bien qu'au pouvoir royal, et, à la faveur des troubles, les Normands avaient envahi la Gaule vers la fin du IXe siècle. Il remontèrent l'Yonne jusqu'à Auxerre, pillant et brûlant les villes et les villages établis sur ses bords et massacrant les habitants. Ils occupèrent plusieurs années le pays, et ils le parcouraient dans tous les sens en y causant des ravages effroyables. Ils résolurent même d'attaquer Auxerre et, grâce à l'inaction du vicomte de cette ville, ils brûlèrent les faubourgs et l'abbaye de Saint-Germain, en 889.

Quelques années plus tard, les Normands revinrent mettre le siège devant la ville, mais l'évêque Gérand (1) entreprit de les repousser. Ayant sollicité en vain l'appui du vicomte, il assembla des troupes et, après leur avoir inspiré par ses discours l'enthousiasme religieux et la valeur guerrière, il marcha contre les barbares ; renseigné sur le lieu de leur campement par des espions, il les atteignit et les mit en pleine déroute, en leur enlevant trois étendards et en faisant prisonniers trois de leurs chefs. Les annalistes auxerrois placent le lieu de ce combat aux Chesnez et se basent, entre autres choses, sur le nom de Saint-Géran qui était donné jadis à la fontaine située près de ce hameau.

Comme on peut en juger par ce fait, au milieu de l'anarchie de cette époque, les évêques réunissaient autour d'eux, par le prestige de la religion et par leur valeur personnelle, les bonnes volontés. Leur autorité était souvent la seule respectée ; aussi leur puissance était grande et ils comptaient parmi les plus grands personnages de la nation. Pour ce motif, les successeurs de Clovis réservèrent aux évêques une large part dans la distribution des pays conquis dont ils gratifiaient leurs barons, leurs chevaliers et les monastères.

Parmi les propriétés considérables qui dépendaient alors de l'évêché d'Auxerre, il faut compter la plus grande partie du territoire actuel de Monéteau. En effet, nous voyons un évêque de cette ville, Jean, qui siégea de 996 à 998, donner aux chanoines

(1) Lebeuf. *Mémoires*, t. I, p. 222.

d'Auxerre cinq autels ou églises, avec les revenus qui en dépendaient ; c'étaient ceux de Pourrain, de Parly, de Gurgy, de *Monéteau* (Monasterioli), et de *Champigny* (Campiniaci). On verra plus loin (1) que ce Champigny était situé entre Monéteau et le hameau des Dumonts et qu'il avait alors pour église la chapelle de Saint-Quantin.

En faisant cette donation importante au Chapitre de sa cathédrale « l'évêque se proposait, dit l'abbé Lebeuf dans ses Mémoires (2), d'ôter aux chanoines tout souci de pourvoir à leur existence et de permettre que l'église d'Auxerre qui était en réputation d'avoir toujours célébré l'office divin avec décence, le continuât avec la même ferveur ».

On doit attribuer à cette charte de donation l'origine des droits de propriété dont le Chapitre jouit sur toute la rive gauche et une partie de la rive droite de la rivière de Monéteau, jusqu'à l'affranchissement des habitants, en 1263, et la raison des privilèges seigneuriaux qu'il conserva dans le bourg jusqu'à la fin du siècle dernier.

Mais pour la parfaite intelligence de ce qui va suivre, il est nécessaire de donner ici quelques notions sur le nouveau droit qui s'était formé depuis plusieurs siècles en France. La féodalité s'était fortement constituée et, en renouant les liens de la société si profondément troublée, lui avait apporté, dans une organisation de fer, le seul régime qu'il fût peut-être possible d'y introduire pour mettre un terme à l'anarchie dont elle périssait.

Les grands vassaux avaient divisé leurs gouvernements en inféodant à leurs capitaines, sous le titre de comtés, des parties importantes de leurs états ; ceux-ci, à leur tour, en avaient attribué en fiefs, des portions à leurs officiers, et les officiers, en arrière-fiefs, à leur subordonnés, tous sous la condition du devoir de vasselage et de service militaire envers les supérieurs et de protection envers les inférieurs. Dans chaque domaine, le seigneur était, sauf ces devoirs envers ses suzerains, maître et souverain d'une manière absolue. Il imposait à ses sujets, libres et serfs, la paix ou la guerre, percevait sur eux, à son profit, les impôts et jugeait seul les différends.

Au-dessous du seigneur, dans les campagnes, étaient les serfs. Leur situation, bien que très précaire, constituait un grand progrès sur l'esclavage. La terre appartenait tout entière au seigneur, mais le serf jouissait de l'usufruit des biens qu'il cultivait. Nombreuses se comptaient les redevances et les tailles,

(1) Voir page 62.

(2) T. I, p. 249.

mais ce dernier n'était plus l'esclave, la chose de son seigneur; il était le maître de sa personne, et le seigneur devait le couvrir de sa protection contre les ennemis du dehors.

Le clergé, comme corps social constitué, était entré dans cette organisation. Les évêchés, les chapitres, les abbayes devinrent des seigneuries féodales, semblables aux seigneuries laïques, ayant des suzerains auxquels ils devaient l'hommage et les devoirs féodaux, et des terres vassales dont ils exigeaient le même service. C'est dans ces conditions que le chapitre de la cathédrale d'Auxerre et l'abbaye de Saint-Germain étaient seigneurs à Monéteau.

Vers la fin du xe siècle et dans les commencements du xie, le village dut subir, comme les autres campagnes, le contre coup douloureux des guerres qui ne cessaient de dévaster nos pays. En effet, les luttes des ducs de Bourgogne contre les rois de France promenaient partout le carnage et la ruine. Le défaut de sécurité empêchait l'ensemencement des terres et il en résulta, pendant bien des années une longue série de famines affreuses et une effroyable mortalité.

Plus tard, après la guerre de Bourgogne, bien des seigneurs s'arrogèrent le droit de venger par les armes leurs querelles particulières et de dévaster par le pillage et l'incendie les domaines de leurs ennemis, les maisons, les bestiaux et les récoltes de leurs serfs. Les évêques tentèrent alors d'apporter quelques remèdes à tant de maux (1). Des conciles réunirent à la fois des prélats, des abbés, des comtes et autres seigneurs, et l'on y prêcha, mais longtemps sans succès, la cause de la miséricorde, de la sécurité et de l'intérêt public. Hugues de Châlon, évêque d'Auxerre rassembla dans ce but plusieurs conciles, dans les premières années du xiie siècle. De ce nombre on compte celui d'Héry. Le moine Raoul Glaber raconte que la foule des peuples entourait et implorait les membres de ces assemblées en criant à genoux : la paix ! la paix ! On put enfin apporter à la fureur du mal ce palliatif que l'on appela la *Trève de Dieu* et qui consistait à imposer la paix à tous pendant quatre jours de la semaine, du jeudi matin au lundi.

Le pays fut encore agité plus tard par les luttes du comte de Joigny contre celui d'Auxerre, et les campagnes de l'Auxerrois eurent beaucoup à souffrir des déprédations des routiers.

Vers la fin du xiie siècle, le Chapitre (2) vit de nouveau s'étendre

(1) Challe. *Hist. de l'Auxerrois.*

(2) Les chapitres des cathédrales se recrutaient d'ordinaire parmi l'élite du clergé et formaient le conseil de l'évêque.

les biens qu'il possédait à Monéteau. Dans une charte donnée à Auxerre, en 1161, Guillaume, comte de cette ville et de Nevers, rapporte que son père avait fait arracher et mettre en herbage le bois de *Thul* (1) qui faisait partie de ses propriétés. De là il était arrivé que le Chapitre avait perdu les droits d'usage dont il jouissait dans cette forêt. Mais craignant, dit le comte Guillaume dans ce diplôme, que cette fraude n'eût mis « l'âme de son père en péril » et pour réparer le dommage causé, il déclare donner et abandonner à perpétuité, sans aucune restriction, aux chanoines de Saint-Etienne tout le bois qu'il possède depuis la route qui conduit à l'étang (2) jusqu'à Monéteau, avec la justice et tout ce qu'ils possèdent dans ce lieu.

Les témoins de cet acte furent : Hugues, archevêque de Sens, Alanus, évêque d'Auxerre, Gui, prévôt de Saint-Etienne, Guillaume doyen, Etienne, cellérier, Garnier, sénéchal et Eudes de Pougy (3).

Cependant, vers cette époque et pendant la durée du XIIIe siècle, la paix et la sécurité renaissent et amènent dans nos contrées un magnifique essor de la civilisation chrétienne. Parmi les grands mouvements sociaux qui signalent cette période, il faut compter en premier lieu l'affranchissement des communes. C'était une première transformation du système féodal. Le droit de *main-morte*, en vertu duquel les biens d'un serf retournaient, à sa mort, en toute propriété au seigneur, pesait lourdement sur les populations. Différentes causes amenèrent alors une réaction puissante contre cet ordre de choses.

Le comte d'Auxerre, Pierre de Courtenay, répondit un des premiers à ces aspirations en accordant aux habitants de cette ville, en 1188, leur charte d'affranchissement. Ce mouvement, une fois commencé, ne devait plus s'arrêter, et, conformément à l'adage qui faisait dire alors « Il fait bon vivre sous la crosse », le bourg de Monéteau fut un des premiers à obtenir du Chapitre d'Auxerre ses lettres d'affranchissement, qui délivraient les serfs du droit de main-morte et leur permettaient de transmettre, après leur mort, leurs biens à leurs enfants. Le Chapitre accorda cette charte en septembre 1263, « le mardi après l'Exaltation de la sainte Croix » et, peu de jours après, les habitants du pays ratifiaient solennellement cet acte par devant l'official d'Auxerre.

(1) Corruption du nom celtique *Thur* que l'on changea plus tard en celui de Thureau.

(2) Cet étang devait se trouver dans la vallée du Sinotte, au delà du village de Sougères.

(3) Le texte latin se trouve dans *Mémoires* de l'abbé Lebeuf, t. IV, p. 44.

Comme prix de leur affranchissement, les habitants abandonnèrent aux chanoines les bois qu'ils pouvaient posséder et les droits d'usage dont jouissait la communauté dans la forêt du Bar; ils payèrent de plus cent livres comptant, et s'engagèrent à verser douze cents livres en quatre annuités. Cette somme, qui équivalait à environ 140,000 francs de notre monnaie actuelle, annonce qu'il existait au pays une richesse relative et une population assez considérable. La rivière était alors la voie principale de communication, et si le bourg de Monéteau subissait les inconvénients du voisinage de l'Yonne, il en recueillait du moins les avantages. Le village possédait des vignes, comme les autres pays de l'Auxerrois, et, à cette époque, les vins de Bourgogne jouissaient d'une grande réputation jusqu'en Flandre et en Angleterre. Aussi ce n'était pas seulement Paris, mais les pays du nord et les villes industrielles et riches de la Flandre qui formaient la principale clientèle des vignerons de l'Auxerrois ; chaque année leurs marchands venaient, en remontant la Seine et l'Yonne, s'approvisionner dans le pays. Dès ce temps, Monéteau devait avoir un port où s'embarquaient sur la rivière le vin et les autres produits de la terre.

La richesse du sol, fertile en céréales, de même qu'en vignes, permit sans doute au bourg de payer avec facilité le prix de son affranchissement, et la charte autorisa les habitants à en imposer la charge sur chacun d'eux, suivant l'importance de leurs biens(1).

Au reste, cette exemption de la servitude n'atteignait nullement les prestations en nature, les droits de justice, de chasse et de pêche, les péages, les banalités et autres charges correspondant plus ou moins aux impôts d'aujourd'hui et dont les habitants demeuraient chargés à l'égard de leur seigneur.

En plus de ces privilèges, le Chapitre jouissait, depuis un temps immémorial, du droit de patronage, dans lequel il avait été confirmé, en 1215, par l'évêque Guillaume de Seignelay. Cette prérogative, d'ordre religieux, lui permettait de percevoir les dîmes de la paroisse et de l'administrer au spirituel soit par un chanoine, soit par un vicaire qui était à sa nomination.

Le droit de patronage entraînait pour le Chapitre certaines charges, et il faut compter de ce nombre la construction de l'église. Les chanoines d'Auxerre durent faire bâtir à leurs frais le chœur de l'église de Monéteau (qui subsiste encore aujourd'hui), car un document d'une époque postérieure indique que les réparations de cette partie de l'édifice étaient à leur charge, tandis que le reste

(1) Voir, pour plus de détails, aux *Pièces justificatives*, n° 11, la traduction de cette charte.

du monument était entretenu aux frais du pays. Les murs de la nef sont probablement antérieurs à cette époque, comme semble l'indiquer une petite fenêtre romane qui existe encore au-dessus de la voûte actuelle dans le mur méridional. Ils ont subi, au reste, un remaniement complet.

D'après M. Quantin (1), il faut faire remonter jusqu'à la fin du XIIe siècle la construction du chœur. Il se compose de deux travées ; celle du fond forme chevet et se termine par un mur droit, percé de trois ogives. Ces fenêtres offrent ce trait particulier que les deux baies latérales, plus petites que celle du milieu, ne présentent, à leur sommet, que la moitié d'un arc dont la pointe va se buter contre le montant intérieur qui demeure droit dans toute sa hauteur.

Les pieds-droits, séparant les deux travées de la nef, sont formés chacun par un faisceau de trois colonnes ; celle du milieu est surmontée d'un chapiteau dont la corbeille est fortement concave ; les crosses sont au nombre de cinq, dont trois, à moitié de hauteur, alternent avec les deux du sommet qui s'épanouissent en feuillage sous les angles du tailloir. L'arc-doubleau, en ogive pure, est allégé par des boudins. Les deux colonnettes de coin ont leurs chapiteaux inférieurs de plus d'un mètre au chapiteau principal et à moitié noyés dans la construction ; accouplées avec les colonnettes placées aux angles extrêmes des deux travées, elles supportent à la fois des moitiés d'arcs-doubleaux raccordant les voûtes aux murailles et les encadrant avec élégance, puis la retombée des arcs-formerets, lesquels s'élèvent au niveau de l'arc-doubleau, sans former coupole, et sont reliés par une rosace, ornée de feuillage. L'ensemble du chœur, malgré la simplicité de sa construction, ne manque pas d'un certain cachet architectural. Les contreforts extérieurs sont en appareil moyen et très soignés.

Le clocher, construit en même temps que le chœur, est adossé au mur septentrional de la seconde travée. C'est une tour quadrangulaire dont les murs ont, à la base, une épaisseur de 1 mètre 15 centimètres, et qui ne reçoit le jour que par deux baies, hautes et étroites, s'évasant à l'intérieur en une large embrasure. A l'étage supérieur, au beffroi, des fenêtres géminées s'ouvrent sur les quatre faces, et deux ouvertures, en forme de trèfle, apparaissent dans les pignons. Suivant une disposition assez rare en Bourgogne, le toit se termine en bâtière. Les moellons en lumachelles qui ont servi à bâtir cette tour ainsi que l'église, ont une teinte grisâtre, et leur appareil irrégulier, dont les joints sont rongés par la pluie

(1) *Répertoire archéologique de l'Yonne.*

et les intempéries, contribueà donner au monument, à l'extérieur, l'aspect sombre d'une ruine.

Les documents concernant la paroisse jusqu'au XVIe siècle sont très rares. Le plus important se rapporte à la juridiction spirituelle. Le Chapitre d'Auxerre était non-seulement seigneur, mais encore curé de Monéteau et, pour remplir cette dernière fonction, il déléguait un de ses membres ou un autre prêtre faisant l'office de vicaire. Dans le courant du XIIIe siècle, les Templiers possédaient dans le village, sur la rive droite de l'Yonne, une maison dans laquelle ils établirent une chapelle. Peu à peu ils en vinrent à empiéter sur les attributions curiales en célébrant des mariages et en s'attribuant d'autres droits attachés à l'église paroissiale. Le Chapitre, lésé dans sa juridiction, se plaignit à l'évêque d'Auxerre, Gui de Mello (1247-1269) ; mais comme les Templiers ne relevaient que de la cour de Rome, la contestation fut portée devant le légat du pape en France, Simon, cardinal du titre de Sainte-Cécile ; l'évêque obtint une sentence qui condamnait les Templiers à descendre la cloche qu'ils avaient suspendue au-dessus de leur chapelle et à célébrer l'office divin exclusivement pour les religieux de leur communauté (1). Ainsi fut maintenue la juridiction du curé sur toute l'étendue de la paroisse.

Vers la même époque, un chanoine ayant le titre de chantre (2) de l'église collégiale de la cité, à Auxerre, portait le nom de Robert de Monéteau. Il mourut vers 1250, et son anniversaire était marqué, dans l'obituaire de l'église, au 10 septembre.

Près de trois siècles plus tard, en 1524, nous voyons un Pierre Pougis, pêcheur à Monéteau, constituer une rente viagère de 20 livres tournois (environ 500 francs de notre monnaie), pour son fils qui se destine à la prêtrise (3). Nul ne pouvait alors être élevé au sacerdoce sans être pourvu d'un bénéfice quelconque pour son entretien.

Le premier curé de Monéteau dont le nom nous ait été conservé est Humbert Guillot, qui vivait en 1504 et portait le titre de prêtre-vicaire. Dix ans plus tard, c'est un chanoine d'Auxerre, Jacques Joyse, qui remplit cette fonction ; il l'occupe encore en 1538.

Deux de ses successeurs apparaissent, Jean Tarisel en 1508, et Etienne de Lastre, en 1517.

Parmi les charges imposées alors au clergé, il faut compter

(1) *Bibl. hist. de l'Yonne*, t. I, p. 498.

(2) Cette fonction constituait une des premières dignités dans les chapitres cathédraux.

(3) Arch. de l'Yonne, E. 380.

les décimes qui étaient payés directement au roi ; ils étaient établis dans certaines circonstances extraordinaires, pour solder les dépenses des guerres ou autres charges considérables. En 1500, le rôle de la cure de Monéteau se monte à 50 livres, environ 1340 francs de notre monnaie.

Une autre obligation qui incombait au curé était l'organisation de ce que l'on appelle aujourd'hui l'assistance publique. En ce qui concernait les campagnes, on avait créé dans la plupart des villages des asiles qui portaient le nom de « maison de charité », et où les pauvres de passage recevaient l'hospitalité. Cet abri était confié à la diligence du curé qui avait la charge de distribuer des secours. Il est fait mention de « la maison de charité » de Monéteau en 1513, et elle possédait des biens à Sommeville. Son emplacement devait se trouver non loin du presbytère, dans la rue où était construit le four banal et qui porte encore le nom de « rue du Four ».

Avec ce titre de curé de Monéteau, le Chapitre jouissait du droit de dîme sur toute la paroisse. On sait que les dîmes sont un usage qui remonte aux premiers siècles du christianisme et eut dans la suite force de loi, suivant lequel les paroissiens pourvoyaient à l'entretien du curé par des dons en nature. Ces redevances se percevaient sur les principaux produits du sol, et elles étaient données en adjudication au plus offrant. Le montant de l'adjudication, en 1562, se montait, pour les dîmes de grains de Monéteau, à 172 bichets de froment et 40 bichets d'avoine.

Les dîmes se payaient également sur le vin qui constituait, avec le blé, le produit le plus important du pays. La vigne n'a pas toujours existé dans nos contrées ; on la croit originaire de l'Orient et elle n'était pas connue en France en l'an 391 avant notre ère, car Tite-Live rapporte que c'est en faisant goûter du vin aux Senons que le roi Aruns les attira en Italie. C'est au retour de leur expédition contre Rome que les Gaulois sénonais durent rapporter les premiers ceps de vigne qui furent plantés dans notre département. On pense que les divers plans qui sont cultivés aujourd'hui tirent leur nom des contrées d'où nos ancêtres les rapportèrent. Le pinot viendrait de *Piceno* (la marche d'Ancôme), le treuscio, de *Etrusco* (la Toscane), le romain, de *Romano* (le pays romain), le gamet, de *Camerti* (l'Ombrie).

Pendant tout le Moyen-Age, les vins d'Auxerre passaient pour être les meilleurs de la Bourgogne et ils étaient servis à la table du roi. Leur finesse et leur bouquet étaient dûs, non seulement au terrain, mais encore au pinot dont la récolte était beaucoup moins abondante que celle des autres plants, mais infiniment supérieure.

Pour conserver l'ancienne réputation du vin de Bourgogne, les ducs de cette province rendirent à plusieurs reprises, au XIVe et au XVe siècle, des ordonnances pour encourager la culture du pinot et interdire celle du gamet que Philippe-le-Hardi appelait « très mauvais et déloyau plant », et qui donne une récolte beaucoup plus abondante, mais de qualité bien inférieure.

Le territoire de Monéteau étant contigu à celui d'Auxerre, le vin que l'on y récoltait devait participer à la bonne réputation de son voisin ; cependant il lui était inférieur, à cause du terrain qui est moins calcaire. D'après les titres primordiaux, le Chapitre avait droit de percevoir la dîme de vin sur toute l'étendue de la paroisse, à raison d'un muid sur vingt dans le Grand-Monéteau et d'un sur vingt-quatre dans le Petit-Monéteau. Il était arrivé, au milieu des perturbations et de l'anarchie du Xe siècle, que des seigneurs avaient acheté ou enlevé de vive force au clergé le droit de dîme, et c'est probablement dans ces conditions que le Chapitre avait perdu une partie des siens à Monéteau, car nous trouvons, en 1221, un acte passé par devant l'évêque d'Auxerre, dans lequel Houdée de Vincelles et sa femme, Eremburge, reconnaissent qu'ils ont abandonné, à titre de gage, aux chanoines d'Auxerre, pour la somme de 12 livres provins, tous les droits de dîme qu'ils ont à Néron et à Monéteau, les premiers comptant pour les 3/8.

Dans les siècles suivants, le Chapitre semble avoir possédé intégralement les dîmes de toute la paroisse, en particulier celles du vin. Il eut à défendre, à plusieurs reprises, son droit contre des propriétaires étrangers qui refusaient de payer la dîme sur les vignes qu'ils possédaient à Monéteau, et, pour ce fait, il obtint des condamnations au bailliage d'Auxerre.

Le démêlé le plus curieux que le Chapitre eut à ce sujet fut avec un certain Guido ou Guiot de Jussiat, qui avait porté l'affaire devant la cour de Rome. En 1386, une sentence du subdélégué du Saint-Siège condamna de Jussiat à payer au Chapitre la dîme sur ses vignes sises aux Chesnez et sur le finage de Champgrand, Champfusée et Montrouge, à Monéteau. De Jussiat en appela de nouveau à Rome, mais le 10 février 1388, l'official de Sens, comme commissaire du Saint-Siège, confirma la sentence de 1386 et condamna de Jussiat aux dépens (1). Celui-ci vint, le 24 février suivant, devant le Chapitre assemblé, reconnaître le bien-fondé de la sentence, qui fut approuvée par un arrêt du Parlement, en date du 9 décembre de la même année.

Dans le courant du XVIe siècle, quand le curé de Monéteau fut

(1) Arch. de l'Yonne, G. 1940. — Voir aux *Pièces justificatives*, n° III.

choisi en dehors des chanoines, les dîmes furent partagées, et ceux-ci conclurent, en 1558, avec Jean Duché, curé de la paroisse, qu'il aurait en propre le tiers des dîmes du côté de l'église, et la moitié sur le Petit-Monéteau.

On a vu que le Chapitre était seigneur du village. Mais l'étendue de cette seigneurie ne comprenait pas toute la paroisse. Il y avait à Monéteau, sur la rive droite de l'Yonne, des seigneuries particulières, qui ont subsisté jusqu'à la fin du XVIIIe siècle. Mentionnons en 1276, Pierre de Monéteau, chevalier, et sa femme Guillemette. Quatorze ans plus tard, Gui de Monéteau, écuyer, et Béatrix, son épouse, ont avec les bourgeois du Chapitre, leurs voisins, un accord touchant l'impôt de la taille qui est réglé à 3 sols pour les plus fortunés et à 12 deniers pour les moins riches (1).

En 1300, Milot de Vannert « escuyer de Monesteau », avoue tenir à foi et hommage du comte d'Auxerre « la justice et seigneurie grande et petite avec les cens, les accoustumées, les mainmortes, si comme tous se comporte des La Planche, Les La Porte de Monestau envers la rivière jusques à la rue Garnier Quantin, si comme elle va contremont jusques au rû des Champs et au chemin de Chemilly par dessoubs et les cencives que lon doibt audict escuyer sur la justice dudict comté de Sainct-Germain. Item la maison et le pourpris de Monestau d'une part à la maison de l'Hospital dudict Monestau et au grand chemin commun. Item le four dudict lieu, etc. »

Vingt-huit ans après, c'est Henri de la Baulme qui porte le titre d'écuyer de Monéteau. Il vend au Chapitre la justice et seigneurie qu'il possédait dans le bourg, plus une grange (2) et ses dépendances, une vigne d'un demi-arpent, et divers autres biens d'une contenance totale de 283 arpents, pour 25 livres payées comptant et une rente de 10 livres dont ces propriétés étaient chargées envers le Chapitre (3).

Il faut descendre ensuite jusqu'à la fin du XVe siècle pour reprendre la série interrompue. En 1488, Gilles Lamy, « escuyer, seigneur du Petit-Monestau », est débouté, par sentence du bailliage d'Auxerre, des droits de justice et seigneurie qu'il prétendait avoir sur le territoire de Marsilly, appartenant au Chapitre. Ce Lamy appartenait sans aucun doute à une ancienne famille auxerroise, dont l'un des membres avait épousé, au XIVe siècle,

(1) Arch. de l'Yonne, G. 1939.

(2) Le mot « grange » signifiait alors une ferme.

(3) Arch. de l'Yonne, G. 1792.

une fille du bailli, Jean Régnier. En 1508, Pierre Lamy, qui était vraisemblablement fils de Gilles, porte le même titre que lui.

A cette époque, on voit apparaître au Petit-Monéteau (1) d'autres familles nobles. C'est, en 1509, Guillaume des Roches qui donne à bail pour 9 années, à Jean Seurrat, voiturier par eau, demeurant à Auxerre, une pièce de terre sise au lieu dit « le gué de l'Espine », moyennant la rente de 4 bichets de froment, et à la charge de payer « à la dame dudit lieu » 13 sols 4 deniers et une poule. (Nous ignorons quelle était la dame dont il est ici parlé.)

Philippe de Saint-Xist était également seigneur de Monéteau, en 1526. Il possédait à Auxerre la maison qu'on appela longtemps de Saint-Sixte et qui devint plus tard le collège (2).

Une autre famille, celle des de Marsay *ou* Marcey, apparaît au Petit-Monéteau dès le commencement du XVIe siècle et on l'y retrouve encore cinquante ans plus tard. Parmi les membres de l'assemblée des trois Etats réunis en 1561 à Auxerre, pour la rédaction de la coutume, on lit les noms de « noble homme maistre François de la Fontaine, lieutenant criminel d'Auxerre et de François de Marcey, seigneur du Petit Monnestaul ».

En 1583, un autre personnage, Edme Vincent, est qualifié de Seigneur du Petit-Monéteau.

Citons enfin Jean de la Rante, archer des gardes du corps du roi, qui demeure à Monéteau et qui prend à bail du Chapitre un domaine situé à Gurgy (3).

Si les documents ne sont pas nombreux sur ces nobles qui ont vécu à cette époque lointaine, ils sont encore bien plus rares en ce qui concerne le peuple. Ce n'est que vers la fin du XVe siècle qu'apparaissent quelques mentions sur les habitants du village ; elles sont extraites des minutes de notaires auxerrois (4) ; ce sont principalement des actes de vente, d'échange, et surtout des cheptels de bœufs qui sont fréquents à cette époque. Mentionnons ici, par ordre chronologique, quelques-unes de ces conventions :

1492, 13 novembre. — Contrat d'échange entre Jean Jagnot, laboureur, et le Chapitre auquel le premier cède un demi-arpent de terre sis au finage de Marsilly pour un arpent environ situé lieu dit aux Arcis.

(1) On a donné ce nom, pendant tout le moyen-âge, à la rive droite de l'Yonne.

(2) Quantin. *Histoire des rues d'Auxerre*, p. 120.

(3) Arch. de l'Yonne, E. 434.

(4) Ces minutes, déposées aux Archives de l'Yonne, sont parfois indéchiffrables ; nous en devons la connaissance aux soins obligeants de M. Drot, employé aux Archives.

1492. — Jean Violle de Monéteau reconnaît devoir à Jean de Sans, boulanger, la somme de « 50 sous et de 50 mollées de bois de mole pour la vente et délivrance d'un cheval moreau à payer, c'est assavoir les 50 mollées de bois par moitié à la Purification et à la Résurrection, livrables au port de Monéteau sur l'eau » et lesdits 50 sous payables à la fête de Saint-Jean.

1493. — Edmond Chignart « tixerant de toilles demeurant à Monestaul », prend à bail de Guiot Potier, d'Auxerre, « une masure et appartenances d'icelle assise audit Monestaul » tenant d'une part au pâtis de la rivière et d'autre à la rue du Four, et d'un autre côté à l'héritage de « la Charité » de Monestaul ; item un jardin sis sur la rue du « molin ».

1497, 8 avril. — Jehan Billard, de Monéteau, prend « à croist et chetel de messire Jehan Closeault, prêtre à Auxerre, une vache et une thore de l'âge de 2 ans, toutes deux sous poils roux » pour un cheptel de 4 livres tournois par an. Billard sera tenu de nourrir « les bêtes et le croist et bestail qui viendra dicelles » pour les rendre après les trois ans loyalement, selon les us et coutumes du pays auxerrois.

1516, 14 décembre. — Denis Ferrand, du Petit-Monéteau, vend à Germain Chrétien une « maison sur forches », avec les 4 denrées de terre qui en dépendent, pour 40 livres tournois (environ 1000 francs de notre monnaie).

1565, 11 février. — Gille Massé, « lasseur en fil d'archet » et hôtelier à Monéteau s'engage à fabriquer et poser un chassis en laiton pour les deux verrières de N. D. des Vertus, dans la cathédrale d'Auxerre. (Cette verrière était l'œuvre du peintre Cornouaille).

1642. — Vente par Nicolas Delaplace, vigneron, à Antoine Sellier, maître charpentier, « de neuf perchées de vigne, de longueur d'un marteau, sises au lieu dit « le petit fossé », pour 22 livres payées comptant. »

A Monéteau, comme dans les autres bourgs de la France à cette époque, l'organisation sociale était encore primitive et reposait tout entière sur le système féodal. Le seigneur jouissait de prérogatives nombreuses et la principale consistait dans le droit de justice. On distinguait alors la haute, moyenne et basse justice. La première comprenait les causes dans lesquelles pouvait être prononcée la peine de mort, et on la reconnaissait aux fourches patibulaires et au pilori qu'elle avait le privilège de faire ériger. Le pilori se dressait sur la place publique ; il se composait d'un poteau et d'un carcan où l'on emprisonnait la tête et les mains de celui que l'on exposait. On verra plus loin que, au commencement du XVIe siècle, un carcan fut établi à Monéteau contre la muraille de l'auditoire.

Les fourches patibulaires étaient des colonnes en bois supportant des traverses où l'on pendait les criminels. Un climat dit « les hastes », situé au nord du village, du côté de Gurgy, était vraisemblablement l'endroit où étaient établis les sinistres piliers. Nous n'avons trouvé cependant aucune trace permettant de penser qu'un condamné y ait subi le dernier supplice. Au reste, le droit de justice alla de plus en plus en se restreignant dans la suite des temps, et il ne consistait plus au XVIIIe siècle que dans la nomination du juge, encore ce privilège était-il restreint par divers réglements.

Dès le milieu du XVIe siècle, on trouve un juge établi à Monéteau par le Chapitre. En 1566, il déclare nul un acte fait dans le bourg par un sergent du comté d'Auxerre (1).

Les limites dans lesquelles s'exerçait le droit de justice n'étaient pas toujours bien précises et les terres situées sur les confins de plusieurs juridictions donnaient lieu à des contestations fréquentes. Pour éviter cet embarras, le Chapitre et le duc de Bourgogne eurent, en 1444, un accord pour délimiter l'étendue du territoire de Monéteau, du côté d'Auxerre.

Cette question du privilège de justice amena en 1517 une contestation bizarre entre les seigneurs du Petit-Monéteau et le Chapitre. Une vache s'était enfuie de Joux-la-Ville, et dans une course ininterrompue elle était parvenue jusque dans les bois du thureau du Bar appartenant aux chanoines. Les propriétaires de la vache, Jean et Philippe de Collin, ayant eu sans doute connaissance de l'endroit où elle se trouvait, étaient venus trouver Pierre Jacquiat, sergent de la seigneurie du Petit-Monéteau et l'avaient requis de les accompagner dans la recherche de la fugitive ; celle-ci ayant été trouvée, fut amenée à la seigneurie du Petit-Monéteau, malgré l'opposition du sergent forestier du Chapitre. Ce dernier parvint pourtant, plusieurs jours après, à s'emparer de la vache et la remit au juge prévôt de Monéteau. L'affaire n'en resta pas là, car le Chapitre et Jean de Marsay, seigneur du Petit-Monéteau, portèrent la cause devant le bailliage d'Auxerre. Malheureusement il nous a été impossible de trouver le jugement qui termina ce singulier différend (2).

Il n'y avait alors d'autre règle, dans nos contrées, pour le jugement des intérêts tant civils que féodaux, que les usages parti-

(1) Arch. de l'Yonne, G. 1792.

(2) Ibidem, G. 1939.

culiers à chaque localité. Aucune règle de droit n'était écrite et tout variait, non seulement de province à province, mais aussi de ville à ville et parfois de village à village. Quand il s'agissait d'appliquer une des règles qui était contestée, les tribunaux appelaient en témoignage tous ceux des habitants qui voulaient venir attester l'usage et les précédents. C'était une inextricable confusion. Le roi Charles VII voulut le premier y porter remède et ordonna, en 1453, la rédaction des « coutumes » dans toute la France ; mais ce ne fut qu'en 1507 qu'une assemblée générale se réunit à Auxerre, sous la présidence du lieutenant général du bailliage, pour mettre par écrit la coutume de l'Auxerrois. Les représentants du peuple y étaient convoqués, ainsi que ceux de la noblesse et du clergé. C'était le code en formation.

Le travail de cette assemblée était imparfait, car un demi-siècle plus tard, une nouvelle réunion des trois Etats fut convoquée dans le même but, et l'on a vu plus haut que François de la Fontaine et François de Marsay, seigneurs du Petit-Monéteau, y étaient présents.

Peu de temps après la rédaction définitive de la coutume d'Auxerre, le Chapitre compléta l'organisation de la justice à Monéteau en faisant construire un auditoire sur la place de l'église. Nous donnons, *in-extenso*, à cause de son intérêt, le traité qui fut conclu avec deux maîtres maçons pour édifier ce tribunal primitif. L'édifice avait des proportions fort modestes, et l'on y adjoignit un abri qui renfermait la « jacquette », sorte de cage de bois à claire voie qui tenait lieu de *violon*.

« Le XIIIe jour de juing lan mil cinq cent soixante cinq furent présens en leurs personnes Vigille le Jeune m[e] maçon dem[t] à Aucerre et Denis Goffier dem[t] à Monnestau lesquels et chacun deulx seul et pour le tout renoncèrent au bénéfice de division et discution, cognurent et confessèrent avoir marchandé à messieurs les Ven. Doyen, chanoines et chappitre de l'Eglise Saint-Estienne d'Aucerre seigneurs dudit Monnestau, stipulant et acceptant de faire les choses cy après déclarées, assavoir ung auditoire pour tenir les jours et juridiction audit lieu de Monnestau devant l'église dudit lieu où il y a marque de quatre pieux de boys dont lesdits Tenu et Goffier ont dit scavoir la situation, de longueur de troys toises en œuvre et de douze pieds de longueur en œuvre avec les deux pignons, le tout de pierre chau et araine, et aux quatre coings de fond en comble seront de pierre de taille aux deux huisseryes de pierre de taille et les molures convenables pour mettre une porte pour entrer audit auditoire et ung aultre pour entrer en la prison, et de faire la grande muraille de neuf pieds hors terre avec le fondement convenable ; lesdits deux pignons seront de semblable hauteur convenable par le devant de troys pieds de hault hors terre, le tout deppaisseur dun pied et demy, et encore faire muraille pour enfermer ladite jacquette et de la hauteur dicelle, oultre le boys sur lequel elle sera mise et selon que dessus qui est ung pied et demy deppaisseur, le tout de pierre chau et arayne et bonne maconnerie, et encourre faire des sieges de pierre tout autour dudit auditoire et par le dedans et au milieu desdits sieges devers le chemin faire un siege de pierre pour soyr le juge dudit lieu, enrocher et crespy dedans et dehors les choses susdites et fournissant par iceulx le Jeune et Goffier toutes lesdites estoffes tant chau pierre arayne que tout le boys quil conviendra avoir pour louvrage susdit comme chevrons sablières arbalestrières poteaulx pieces pour mettre sur le devant, mettre poteaux à claires voyes lesdits poteaux douvrage ronds et carres de boys ou de pierre de taille, le tout plus plain que vuide a la volonte desdits seigneurs ou de leurs commis, ledict boys escarrir et mettre en œuvre bien deuement fournir de latte chanlatte clou thuille quil conviendra pour couvrir ladite besongne et le tout mettre en besongne, et encourre transporter la jacquette qui est au four dudit Monnestau icelle desassembler et rassembler audit auditoire, fournir les pieces de boys convenables et encourre en icelle faire dessus dessous et aux quatre pands de ladite jacquette une croix de sainct André de deux pieces de boys carré convenable pour tenir ladite jacquette forte et que on ne la puisse rompre, icelle fermer de bonne serrure cloz crampons bandes et aultres choses quil y convient, et encourre faire deux bons huis pour ledit auditoire et pour entrer en ladite prison avec bonnes serrures et rendre les clefs es mains de mesdits seigneurs, le tout faict et parfaict avec ce a un des coings dudict auditoire faire un carcang, icelluy mettre et afficher dedans la pierre de taille bien et deuement avec un cadenat et clef pour fermer ledict carcang, le tout bien faire et deuement a leurs despens et fournir toutes estoffes et matières ad se necessaires et icelle rendre faicte et parfaicte audict de gens ad se coignoissans dedans le jour sainct Remy prouchaint venant moyennant le prix et somme de trois cent cinquante livres tournois (environ 4.200 francs), sur quoy lesdits le Jeune et Goffier ont confessé avoir eu et receu des vénérables chanoines la somme de deux cents livres tournois dont ils se tiennent pour contants et le reste lesdits vénérables ont promis paier en faisant ladicte besongne pro rata que est la somme de huit vingt livres tournois restant à paier....... Armant, notaire (1).

(1) Arch. de l'Yonne, E. 390.

La juridiction supérieure de la justice était alors exercée par un bailli, et, à un degré inférieur, par un maire qui était chargé de poursuivre les délits civils et criminels. Cette dernière fonction était remplie, en 1574, par un laboureur du pays, Sébastien Collon, qui l'avait prise à bail, suivant la coutume de l'époque. Ses honoraires consistaient en une part qu'il prélevait sur chaque amende. Une de ses prérogatives consistait à convoquer deux fois l'an dans le village « l'assize ou grands jours. » C'était là probablement une sorte d'assises communales, composées des principaux habitants du pays. La redevance du bail de la mairie ou « maizerie » à payer chaque année au Chapitre, se montait à 18 livres tournois (1).

Un des services publics dont la charge, sous l'ancien régime, incombait aux seigneurs était le four banal, où tous les ménages de la localité étaient tenus de venir cuire leur pain, moyennant un impôt en nature. Au XVIe siècle, il y avait trois fours à Monéteau, l'un dans le bourg proprement dit, près du presbytère, l'autre au Petit-Monéteau et le troisième à Sommeville. Nous n'avons pu vérifier s'il en existait également dans les hameaux de Saint-Quentin et des Dumonts. Ceux de Monéteau et de Sommeville appartenaient au Chapitre. D'après une sentence du bailliage d'Auxerre, donnée en 1536, il était tenu d'entretenir et de faire chauffer ces deux fours avec le bois provenant de la forêt du Thureau, deux fois par semaine, le mardi et le vendredi. Les habitants laissaient un pain sur vingt comme paiement à ceux qui avaient pris ces fours à bail (2).

Un autre droit dont le Chapitre jouissait encore, à titre de seigneur, était celui de la taille bourgeoise. La proximité d'Auxerre et les agréments du site valurent de tout temps au village d'avoir pour habitants, ou au moins pour propriétaires des bourgeois de la ville. D'après la législation alors en vigueur, les bourgeois pouvaient décliner la juridiction des seigneurs subalternes pour toutes les causes personnelles, mais ils n'en étaient pas exempts pour les droits seigneuriaux qui devaient être payés sur les biens situés dans ces seigneuries. C'est ainsi que, en 1318, le 9 octobre, une sentence de la prévôté d'Auxerre condamna Guillin, habitant de Monéteau, à payer au Chapitre la somme de 20 livres tournois à laquelle il était imposé à titre de taille bourgeoise. On trouve au XIVe et au XVe siècle un certain nombre de condamnations prononcées dans le même sens. La question fut même portée jusqu'à Paris, et il intervint, en 1395, le 25 avril, des lettres patentes de

(1) Voir, pour plus de détails, *Pièces justificatives*, n° IV.
(2) Arch. de l'Yonne, G. 1940.

Charles VI déclarant que les bourgeois de Monéteau devaient payer au Chapitre la taille bourgeoise des biens qu'ils possédaient dans ce bourg, bien qu'ils eussent leur résidence à Auxerre ou ailleurs (1).

En dehors des droits seigneuriaux, le Chapitre possédait encore certains biens situés dans le village. De ce nombre il faut citer en premier lieu la rivière d'Yonne, dont la propriété devait remonter à la donation faite, en 997, par l'évêque Jean, d'Auxerre. Au commencement du XIIIe siècle, les chanoines étaient propriétaires de la rivière dans tout son parcours à Monéteau, et une contestation s'étant élevée à ce sujet avec les seigneurs de Gurgy, Isabelle, veuve de Gauthier Chat, en 1222, et Pierre et Milon de Gurgy, en 1229, renoncèrent à tous les droits qu'ils prétendaient avoir sur les biefs, le pertuis et les moulins de Monéteau (2).

En mars 1285, le Chapitre amodie à Pierre Barrault et Jean Girard les moulins de Monéteau, les îles, les biefs, le bac du village et autres dépendances pour une rente annuelle de 26 livres, pendant 6 ans. Ce prix de location se maintient presque sans variation pendant le XIVe et le XVe siècle. Cependant le bail de 1448 offre quelque différence. Durand le Beaulorge loue les « moulin, pertuys, isles, écluses, pescheries, lindart et appartenances diceluy et 4 arpens de terre », moyennant 15 livres seulement par an, mais à charge par le preneur de rétablir la maison du moulin qui était en mauvais état.

La propriété de la rivière entrainait celle de la pêche. Le Chapitre et ses vassaux de Monéteau ont à ce sujet, en 1354, un accord avec l'évêque d'Auxerre et les habitants d'Appoigny, par lequel le Chapitre reconnait aux habitants de ces deux villages le droit de pêche dans la partie de la rivière qui lui appartient. Est également mentionné dans cet acte le privilège pour les habitants d'Appoigny de passer gratuitement au port de Monéteau, eux, leurs personnes, charrettes, bestiaux, etc., et sans être tenus de réparer les nacelles et charrière de ce passage, ni rien payer au pontonnier. »

L'Yonne n'était pas la propriété exclusive des chanoines. Les rivières ont été de tout temps un des principaux moyens de transport ; leur importance était encore plus grande au Moyen-âge, alors que les routes étaient fort rares et très mal entretenues. L'Yonne en particulier était alors une des artères principales qui amenaient à Paris les produits de la province. Au XIVe siècle, elle

(1) Arch. de l'Yonne, G. 1792.
(2) Ibidem, G. 1939 et 1940.

était sillonnée par des personnages de marque et ses bateaux servaient au transport des armées et du matériel de guerre. Deux siècles plus tard, la navigation était considérable à Auxerre, car l'on y comptait plus de 15 maîtres mariniers.

Les conditions de la navigation étaient des plus primitives. Sur tout le cours de la rivière, les propriétaires avaient établi des barrages, appelés *pertuis*, pour retenir les eaux et les faire refluer dans les biefs de leurs moulins. Pour l'ouverture de ces pertuis, au moment du passage des bateaux, les mariniers étaient tenus de payer des redevances à ceux qui les entretenaient. Le lâchage des eaux pour former une éclusée, c'est-à-dire pour fournir un moyen de transport assuré, fut réglementé dans des temps plus rapprochés de nous ; mais ces ouvertures de pertuis devaient être alors arbitraires et amenaient souvent des procès entre le commerce et les propriétaires de la rivière.

Les barrages étaient construits d'une façon des plus simples. Ils étaient formés de planchettes reliées par une corde et dont l'extrémité inférieure se trouvait appliquée, au fond de l'eau, contre une pièce de bois horizontale, tandis que le haut s'appuyait, au-dessus de l'eau, contre un câble attaché sur une rive et roulé, sur l'autre, autour d'un treuil qui servait à le maintenir tendu (1).

Pour la remonte des bateaux, l'abaissement des eaux causait bien des lenteurs et des difficultés. On inventa au XIIIe siècle un instrument, appelé *indard*, qui était placé en amont des pertuis et qui rendit de grands services. C'était un treuil vertical, qui était fixé solidement à un pieu et percé de trous dans lesquels on introduisait les leviers destinés à le faire tourner. La corde du bateau montant était attachée au cabestan et s'enroulait autour du treuil que l'on faisait virer à l'aide des leviers ; le bateau était ainsi facilement remorqué au-dessus du barrage, malgré la vitesse du courant, et il reprenait ensuite sa marche en pleine eau.

Le pertuis de Monéteau devait être situé en amont du pont suspendu, presque en face de l'église. Comme on l'a vu plus haut, il était muni d'un indard.

Les différents détails rapportés dans ce chapitre nous donnent une idée suffisante sur ce qu'étaient, à Monéteau, les usages et les conditions de la vie à ces époques lointaines, mais ils ne nous renseignent pas sur ce que fut alors le sort des habitants. Pendant la guerre de Cent ans qui fit tant de mal à la France, l'Auxerrois eut beaucoup à souffrir des luttes dont il fut le théâtre.

Vers 1350, le roi de Navarre, Charles II, qu'on a surnommé le

(1) Quantin. *Hist. de la rivière d'Yonne.*

Mauvais, profitant des désordres amenés par la guerre des Anglais, réunit des bandes de routiers et de malfaiteurs qui portèrent partout le ravage et la dévastation. Froissart raconte que « pardevers Pont-sur-Seine, vers Provins, vers Troyes, vers Auxerre et vers Tonnerre, était le pays si entrepris de fort guerroyeurs et de pilleurs que nul n'osait issir (sortir) des cités et des bonnes villes..... » Pour se mettre à couvert de ces bandes, les villes et les bourgs de l'Auxerrois, sur les conseils du comte, se construisirent des enceintes de remparts. Les villages dont un tel travail excédait les ressources, et Monéteau était du nombre, fortifièrent leurs églises pour s'y réfugier et s'y défendre (1).

Après d'affreux ravages, la paix renaissait pour quelque temps jusqu'à ce que de nouvelles bandes vinssent apporter de nouveau la ruine et la mort. Les ducs de Bourgogne s'étant alliés aux Anglais contre les rois de France, les passages de troupes étaient fréquents dans l'Auxerrois et les campagnes avaient presque autant à souffrir des alliés que des ennemis.

Le pape Eugène IV intervint, en 1432, pour essayer de mettre la paix entre les princes qui continuaient à se faire une guerre acharnée. Il y eut en plusieurs villes des conférences, et notamment à Auxerre, où se rendirent les délégués du roi de France et d'Angleterre, un légat du pape et plusieurs envoyés du duc de Bourgogne. Mais on ne put arriver à un accord et la guerre n'en continua qu'avec plus d'obstination.

Quand tous ces désordres eurent pris fin vers le milieu du xve siècle, on put constater dans les campagnes une effroyable dépopulation. Les meurtres, les maladies et les privations avaient fait périr un grand nombre d'habitants. D'autres qui, par excès de misère, avaient suivi les brigands, n'étaient jamais revenus. D'autres encore s'étaient expatriés pour échapper aux tortures et aux massacres. Beaucoup de bourgs étaient et restèrent abandonnés pendant plus de vingt ans. Les champs étaient incultes; des plaines autrefois fertiles et cultivées étaient envahies par les broussailles et, dans certains villages, il ne restait debout que l'église.

Vingt-cinq ans plus tard, la guerre reprit dans nos contrées, et le duc de Bourgogne rompit ses traités avec le roi Louis XI, surtout parce qu'on ne lui remit point le fief de Seignelay qui avait été promis à son père. Après des hésitations, la ville d'Auxerre prit parti, en 1470, pour le duc de Bourgogne, et les hostilités commencèrent entre cette ville et celle de Seignelay, défendue

(1) Challe. *Histoire de l'Auxerrois.*

par cinq cents hommes, sous le commandement d'un fils naturel de Philippe de Savoisy, surnommé le Bâtard de Seignelay, et par le sieur de Plancy. Le 26 juin 1472, les Auxerrois font une sortie dans la direction de Joigny, pour ravitailler la ville. La garnison de Seignelay, avertie qu'ils sont en marche, vient à leur rencontre, au nombre de trois cents hommes et les joint aux environs du Petit-Monéteau. Les Auxerrois, supérieurs en nombre, se croient assurés de la victoire ; mais bientôt enfoncés de toutes parts, ils prennent la fuite, laissant cent soixante des leurs étendus sur le terrain et quatre-vingts prisonniers (1).

Au commencement du XVIe siècle, le village de Monéteau supportait encore le contre coup de ces désastres, car on trouve en 1517 un bail perpétuel fait par Etienne de Lastre, curé de Monéteau, à Etienne Tumereau, vigneron, d'une pièce de trois arpents de terre « en buissons », sise au lieu dit le Corbier, sous condition de la défricher et mettre en culture ou en vigne, dans l'espace de 6 ans, moyennant la rente annuelle de 9 sous tournois (2).

Vers 1550, le protestantisme, en pénétrant dans nos contrées, y ralluma encore la guerre civile. Sans rapporter les péripéties de ces luttes dans l'Auxerrois, mentionnons seulement un acte rapporté par l'abbé Lebeuf, d'après lequel les sergents royaux attestent (1568) devant le fermier général des fermes et aydes de l'élection de Tonnerre qu'ils ne peuvent exercer le prélèvement de ces droits dans les villages des environs d'Auxerre à cause des dangers que leur font courir la guerre.

A la fin du XVIe siècle, ces luttes fratricides s'apaisèrent enfin et les campagnes virent bientôt renaître, avec la paix, la prospérité.

Dans la période qui suit, les documents deviennent très nombreux, et, pour plus de clarté, nous les avons réunis sous des titres spéciaux.

CHAPITRE IV

DEPUIS LE XVIe SIÈCLE JUSQU'A LA RÉVOLUTION

I. — PAROISSE

Dans les siècles suivants, le Chapitre continue à jouir des droits de patronage sur la paroisse. En 1554, Jean Duchié ou Duché est curé de Monéteau ; il assiste aux derniers moments de mon-

(1) *Mémoires de l'abbé Lebeuf.*
(2) Arch. de l'Yonne, E. 378.

seigneur de Dinteville qui était retiré à Appoigny, dans son château de Régennes. Le 28 septembre il se rend à Auxerre pour accompagner Philippe de Chastellux, seigneur de Bazarne et parent de l'évêque, ainsi que Jean de Marafin, seigneur de Guerchy et abbé commandataire de Bellevaux, allant faire part au Chapitre de la mort du premier pasteur du diocèse (1).

En 1568, Laurent Lenormant, chanoine et trésorier du Chapitre, est pourvu de la paroisse, et, suivant l'usage de l'époque, il donne à bail la cure de Monéteau à deux prêtres, Edme Martin et Edme Moreau, pour jouir des biens qui y étaient attachés et pour exercer le ministère paroissial. Le premier était titulaire et le second desservant. Edme Moreau vivait encore en 1588. Vingt ans plus tard, c'est l'abbé Ludigier qui porte le titre de vicaire.

De temps immémorial les curés inscrivaient les baptêmes, les mariages et les décès qui survenaient dans les paroisses ; mais cette formalité était loin d'être remplie régulièrement et partout. Ce ne fut que sous François Ier que cette coutume fut réglementée, et une ordonnance d'août 1539 enjoignit aux curés d'inscrire régulièrement ces actes sur des registres qui devaient être déposés chaque année au greffe le plus voisin, et tenaient lieu d'état civil. L'abbé Caillard est le premier curé de Monéteau qui se soit conformé à l'ordonnance royale ou du moins dont les registres soient restés jusqu'à nous. Ils commencent en 1609. Chacun de ces actes porte, avec la signature du curé, celles du lieutenant et du procureur fiscal du Petit-Monéteau.

Les registres de baptême nous font connaître une famille nouvelle qui était fixée dans le village depuis un certain nombre d'années. Marie de Marsay « fille de noble homme Jehan de Marsay, escuyer seigneur du Petit Monesteau », paraît comme marraine en 1609. Elle se faisait sans doute un grand plaisir de remplir cette fonction, car elle fut marraine à sept reprises jusqu'en l'année 1627, et plusieurs fois avec des jeunes gens du pays. Sa sœur, Edmée, est également marraine deux fois en 1613. De même leur père était parrain en 1617.

Parmi les autres parrainages remarquables, citons les deux suivants : 22 mai 1609, baptême de Edmée Voilier, fille de Claude et Suzanne Callandre ; le parrain est Claude Chevallier, avocat à Aussard (Auxerre), et la marraine « noble dame Jehanne de Sainct Etienne, abesse de l'abaye nostre Dame des Illes. » En 1636, baptême de Germaine, fille de Edme et de Perrette Robbes ; le parrain

(1) Abbé Lebeuf. *Mémoires*, t. II, p. 137.

est Edgar Girardin, avocat au bailliage d'Auxerre, et la marraine, damoiselle Antoinette de Lenfernat, de Gurgy (1).

L'abbé Caillard commença également, en 1612, un recueil de testaments faits par les habitants du village, qui va jusqu'en 1639. Ces actes avaient un caractère officiel, le curé les recevant et les consignant en présence de plusieurs témoins. Nous donnons à la fin, *in-extenso* (2), le texte d'un testament qui fut dicté en 1612, le 10 avril, par Edme Pesselière, procureur du Chapitre, « en son lict malade de corps, sain desprit et dentendement. » Dans un certain nombre de ces pièces sont contenus des legs en faveur de l'église, des maitres d'école et de la chapelle Saint-Quentin. Il y est fait mention également de services à célébrer pour le repos de l'âme des testateurs, et il est réglé que l'offerte se composera de « vin, argent et chandelle. »

Le successeur de l'abbé Caillard fut Guillaume de Rigny, qui prit possession en 1634 et portait le titre de « prestre vicaire de l'esglise parochialle de monsieur sainct Cire de Monestau et chanoine de l'esglise sainct Eugène de Varzy. » Il s'adjoignit, en 1636, l'abbé Bernard comme auxiliaire. Sa mort arriva en 1663, et il fut remplacé par l'abbé Jean Thiennot. Ce prêtre appartenait à une famille bourgeoise d'Auxerre et avait pour sœur Germaine Thiennot, mariée à Etienne Boucher, marchand à Auxerre.

Grâce à lui, nous avons de précieux renseignements sur la paroisse, consignés dans un rapport qu'il adressa en 1679, à l'évêque d'Auxerre. « Premièrement dans la paroisse de Monestau il y a quatre cens cinquante personnes tant grands que petits et deux cens vingt communians y compris les serviteurs et servantes et quatre vingt et six maisons dont la moitié appartient à messieurs du Chapitre et l'aultre partie à monsieur de Colbert marquis de Seignelay. Et y a quatre ameaux distans d'un bon quart de lieue de l'esglise a scavoir Sommeville, Les Dumonts, Saint-Quantin et Les Chesnée. Il n'y a aucun blasphémateur public. Tous de la paroisse dudit Monesteau ont esté confessé et communié. Il y a quelques procès mais je les mis en estat de les accorder c'est pour quelque batterie....... Il y a eu une maitresse d'escolle dans le petit Monesteau qui a été mise par l'ordre de monseigneur de Colbert marquis de Seignelay. Il y a deux chappelles dans la paroisse de Monestau dont l'une est dans le chasteau de monseigneur de Colbert marquis de Seignelay et qui est chargée d'une messe la

(1) Archives de Monéteau.

(2) Voir aux *Pièces justificatives*, n° V.

semaine et aux jours des principalles festes de la Vierge, mais celui qui est titulaire n'en a jamais dit une messe....... La seconde chapelle est distante de l'église de Monestau d'un petit quart de lieue proche les Dumonts, ny a aucun revenu que la queste que l'on y fait lorsqu'on y va dire la messe au jour de la feste de Saint-Quantin et lorsqu'on y va en procession. Le revenu de la cure est modique....... Il y a beaucoup de pauvres qui sont soulagés là où le marquis de Seignelay est seigneur, mais ne le sont pas du côté du Chapitre. »

D'après ce rapport, on voit que la moyenne des familles était de cinq personnes par maison ; celle des naissances se montait, vers cette époque, à 12 par an. La population s'était accrue sur la rive droite de l'Yonne, car elle était aussi nombreuse que de l'autre côté de la rivière.

Cet accroissement venait de l'importance qu'avait pris le port du Petit-Monéteau, depuis que Colbert en avait acheté le bailliage et la châtellenie à l'abbaye de Saint-Germain. Le grand ministre de Louis XIV ayant acquis la terre de Seignelay, avait établi dans cette ville des manufactures importantes de drap, et toutes les marchandises étaient amenées à Monéteau et embarquées sur l'Yonne, vers son château qui bordait la rivière.

Il existait dans ce château une chapelle dont la première fondation remontait au siècle précédent. On trouve dans les *Mémoires* de l'abbé Lebeuf que, le 24 juin 1549, François de Dinteville, évêque d'Auxerre, permit à Etienne Jeanneau, marchand bourgeois d'Auxerre, de faire dire la messe dans la chapelle qu'il avait édifiée à Monéteau, « à la condition que cette messe serait dite après celle de la paroisse, et sans aucune annonce ni aucun chant, pour ne point détourner les fidèles de leur devoir. »

Cette maison seigneuriale avait changé de maître au commencement du XVIIe siècle, car en 1628, dame Germaine Leclerc, épouse de Claude Chevallier, écuyer, conseiller du roi et lieutenant général du bailliage d'Auxerre, dépose, entre les mains de Bourotte, notaire à Monéteau, un testament par lequel elle ordonne de rebâtir la chapelle dans la première cour du château, pour permettre aux pauvres gens du village d'assister à la messe les dimanches et jours de fête, et lègue à cette chapelle une rente de 15 bichets de blé et 15 sols en argent à prendre sur 15 arpents de terre situés dans le bas de Jonches, à la charge par le chapelain de dire deux fois la messe par semaine, le dimanche et le mercredi ou un autre jour dans lequel tomberait une fête. Elle prescrivait en outre la constitution d'une somme de 12.000 livres dont les intérêts seraient retenus par le chapelain, pour le cas où les 15 bichets ne seraient pas suffisants (1).

Ce legs fait par la testatrice était contraire à l'esprit de l'Eglise, car il tendait à former deux paroisses dans le bourg ; il ne fut pas agréé par l'autorité diocésaine, et, peu de temps après, les conditions de la fondation furent modifiées ; le titulaire devait célébrer la messe, non plus le dimanche, mais le vendredi et aux fêtes de la Vierge.

En 1641, le 9 décembre, sur la présentation de Claude Chevallier, aîné de la famille, l'évêque d'Auxerre, monseigneur de Broc, conféra à Gabriel de la Chasse, clerc du diocèse, le bénéfice de la chapelle ; elle portait alors le titre de « Notre Dame de Bon Secours » ou « Beatæ Mariæ de bono subsidio, aliàs de Auxiliis, » et venait d'être construite peu de temps auparavant.

L'abbé Thienot mourut vers la fin de l'année 1682. C'est probablement à son zèle que l'on doit la cloche qui subsiste encore dans le clocher, des trois qui y étaient jadis suspendues. Voici l'inscription qu'elle porte en relief : « J. H. S. Maria. Monsieur Thienot chanoine de l'église cathédrale de Saint-Etienne d'Auxerre, député du chapistre pour être parin de la cloche de Monestau comme seigneur dudit lieu et prieur seigneur spirituel et temporelle de Bois d'Arcy et pour Me Magdelaine Dubin femme de Mr Michel de Grimaudet chevalier seigneur de Motheux cap^e^ conv^e^ du chateau et marquisat de Seignelay. 1680. M. L. Robert l^t^ (lieutenant) M. I. Bernar p.(procureur) Edme Pougie, Jean Bonin, Lacoves, Chavisart, marguillers (2). »

Le successeur de l'abbé Thienot, en 1683, fut Dubier, qui ne resta que quelques mois et fut remplacé par l'abbé Therriat. Celui-ci ne demeura également curé de Monéteau que peu de temps, car l'abbé Paradis en remplit les fonctions au mois de janvier 1684. Il exerça pendant de longues années le ministère paroissial dans le bourg, car c'est lui qui reçut monseigneur de Caylus, quand il vint à Monéteau, en 1708, le 18 octobre, pour faire la visite qu'il avait commencée dans son diocèse. Le secrétaire du prélat portait avec lui un registre imprimé en forme de questionnaire et destiné à recevoir des réponses succinctes et précises sur l'état de l'église et la situation de la paroisse.

(1) Archives de la famille de Montmorency, de Seignelay, communiquées par M. Gamard.

(2) La date marquée sur la cloche est 1686. Mais il a dû y avoir erreur de la part du fondeur, des pièces authentiques témoignant que l'abbé Thienot mourut à la fin de 1682.

Du procès-verbal de cette visite, nous ne mentionnerons ici que les détails les plus saillants. L'église a un revenu de 75 livres ; le mobilier se trouve dans un état d'entretien satisfaisant. Il y a quatre chapelles, en dehors du grand autel : celles de la sainte Vierge, de saint Fiacre, de sainte Anne, et de saint Antoine et saint Sébastien. Particularité intéressante à mentionner : Il est dit qu'il faut des marches à la grande porte pour entrer dans l'église. Le sol de la place a été considérablement exhaussé depuis, car il est aujourd'hui au niveau du dallage de l'édifice. Un autre point du rapport mentionne l'absence complète des reliques, alors qu'un inventaire, de 1552, note un reliquaire renfermant « le pied du glorieux martyr monseigneur sainct Cyr, patron dudit lieu (1). »

Il faut sans doute attribuer aux protestants la disparition de cette relique du patron de l'église. Quant à la paroisse, sa situation laissait à désirer, car il n'y avait pour le moment ni maître ni maîtresse d'école. La cure avait des revenus modestes : ils se montaient à une rente de 33 bichets de blé et de 300 livres d'obligations diverses dues par des habitants du pays ; encore fallait-il prélever pour le Chapitre une somme de 20 livres (qui monta peu à peu jusqu'à 40), pour les décimes et les droits de patronage.

Une lacune dans les registres paroissiaux nous laisse ignorer le nom du curé jusqu'en 1730. En cette année c'est l'abbé Gramain qui porte ce titre jusqu'au 18 août 1731. L'abbé Jean Fouché ou Touché est pourvu de la paroisse le 24 septembre de la même année par monseigneur de Caylus, sur la présentation de Etienne le Roy, chanoine de la cathédrale. Monéteau fait alors partie de l'archiprêtré de Saint-Bris et de l'archidiaconé de Puisaye. Il a pour patron saint Cyr et sainte Julitte. Le nombre des communiants est estimé à 250 et il se maintient à ce chiffre pendant tout le XVIIIe siècle. Aux deux chapelles de Saint-Quentin et du Petit-Monéteau est venue s'en ajouter une troisième, celle des Boisseaux qui est sans titre et sans revenu.

Le 4 mai 1761, le chanoine Jacques Dettey, archidiacre de Puisaye, vient faire la visite de la paroisse. Il constate que des 250 communiants plus de la moitié habite sur la rive droite de la rivière. La sage-femme est approuvée et il y a un maître d'école dont le curé rend bon témoignage. Plusieurs cloches sont mentionnées, mais le nombre n'en est pas indiqué (2).

Quelques années plus tard, on reconnut la nécessité de faire

(1) Arch. de l'Yonne, G. 1618.

(2) Ibidem, 6. 43.

d'importantes réparations à l'église (1), et il fut dressé un devis qui se montait à plus de 2.500 livres. Le principal travail à opérer était de reconstruire le pignon de la façade de l'église et de la consolider par deux contreforts. L'intendant de la généralité de Paris donna une ordonnance (1768) arrêtant l'exécution des travaux et la répartition au marc la livre sur tous les habitants. Ces derniers réclamèrent bientôt contre cette mesure, car ils avaient ainsi à leur charge, non seulement les 5/6 des travaux dont la dépense était répartie sur tous les biens de la paroisse, mais encore une somme de 600 et quelques livres comme le 6e des réparations faites à la nef de l'église. Ils demandèrent en conséquence que la fabrique eût à payer la moitié des dépenses, donnant comme motif que, à leur pauvreté ordinaire s'était joint depuis cinq années « un surcroît très considérable de misère causé par divers accidens arrivés à leurs vignes et à leurs bleds (2). »

Les ennuis causés par le réglement de ces dépenses ne semblent pas avoir été étrangers à la retraite de l'abbé Touché qui donna au Chapitre, par acte notarié, le 12 juin 1775, sa démission de curé de Monéteau. Il exerça pourtant le ministère jusqu'au 5 septembre et le remit entre les mains de l'abbé Joseph Albertin.

Le revenu de la cure se montait alors à la somme de 772 livres 10 sols, comme on peut le voir d'après la déclaration des bénéfices et biens ecclésiastiques du diocèse d'Auxerre, dressée en 1781 par les députés de la chambre ecclésiastique pour opérer la confection du nouveau rôle des décimes et autres impositions payées par le clergé au pouvoir royal (3). Cet état se décompose ainsi :

14 arpents de terre à 7 l. 10 s.	105 l.
Le tiers de la dîme du Grand-Monéteau et la moitié de celle du Petit-Monéteau, produisant 75 bichets à 4 livres	300
Le tiers de la dîme du vin du Grand-Monéteau et la moitié du Petit-Monéteau, produisant huit feuillettes à 12 livres	96
Menues et vertes dîmes	30
Un arpent et demi de vigne à 30 livres	45
Un arpent de pré	30

(1) Nous ignorons à qui on doit attribuer la construction de la sacristie, qui subsiste encore aujourd'hui. Les arcs-doubleaux de la voûte sont du style flamboyant et indiquent qu'elle doit remonter au XVe siècle.

(2) Arch. de l'Yonne, G. 43 ; G. 1661.

(3) Ibidem, G. 1743.

Agneaux à 10 par an	20 l.
Dîme de laine	30
Dîme de chanvre	10
Droit de passion	24
Fondations	52 l. 10 s.
Casuel	30
TOTAL	772 l. 10 s.

En cette même année 1781, l'abbé Albertin eut la satisfaction de recevoir pour les pauvres de Monéteau la quote part de la somme de 506 livres que le chanoine Huet avait léguée en mourant aux paroisses du patronage.

Au reste, si le Chapitre témoignait ainsi parfois sa sollicitude pour les malheureux de Monéteau, il conservait avec soin certains droits honorifiques provenant de sa qualité de curé primitif du bourg. Lorsqu'un des délégués du Chapitre venait à Monéteau, le curé ne devait pas porter l'étole pastorale et cédait la stalle du chœur au chanoine. De même, tous les ans, un membre du Chapitre était député pour venir présider la fête patronale de saint Cyr. Cette solennité, qui tombait le 16 juin, était toujours renvoyée au lendemain, à cause de la foire d'Appoigny qui avait lieu le même jour (1).

Cependant la gêne apportée dans le service religieux par la séparation de la rivière était toujours à charge aux habitants du Petit-Monéteau. Au point de vue administratif, cette partie du pays constituait alors une communauté à part, ayant son syndic, et dépendant de la généralité de Paris et de l'élection de Tonnerre. Bien que le nombre de ceux qui habitaient la rive droite eût beaucoup diminué dans le courant du XVIIIe siècle et fût devenu inférieur de moitié à ceux de la rive gauche, ils s'étaient imposés en 1769 d'une somme de 64 livres pour l'entretien d'une maison d'école ; ils avaient porté un peu plus tard ces honoraires à 80 livres, et les avaient élevés, en 1787, à 90 livres, pour éviter aux petites filles le passage parfois dangereux de la rivière.

Pour le même motif, la communauté du Petit-Monéteau désirait établir chez elle le service religieux, et quelques personnes ayant découvert le testament par lequel madame Leclerc fondait un chapelain dans la chapelle de Notre-Dame-de-Bon-Secours, elle demanda l'ouverture de cette chapelle pour y célébrer la messe le dimanche. Comme motif de sa réclamation, elle exposait, dans un

(1) Registre des délibérations du Chapitre, 11 juin 1787.

terrier de 1788 (1), qu'elle était « séparée de l'église par la rivière qu'il faut passer pour assister aux offices et faire tous les travaux de ce côté, ce qui leur revient presque aussi coûteux que l'impôt de la taille, et ils courent de plus des dangers lors des débordements de la rivière et des glaces. » Cette tentative de division du pays en deux paroisses devait échouer, comme celles qui avaient été faites dans les siècles précédents.

On trouve ce *desideratum* exprimé de nouveau dans le *Cahier de doléances* (2) que la communauté du Petit-Monéteau rédigea l'année suivante. Un arrêt du Conseil royal, du 5 juillet 1788, avait décidé qu'aucune détermination ne serait prise sur la forme des Etats généraux, avant de connaître les vœux de toute la nation. En conformité de cet arrêt, le grand bailli d'épée d'Auxerre avait adressé une lettre à chaque paroisse, le 3 mars 1789, en l'invitant à exprimer ses désirs. Moins de 20 jours après, les habitants de chacune des deux parties de Monéteau, comme ceux des autres paroisses, mirent par écrit leurs réclamations et les envoyèrent au chef-lieu du bailliage. La plupart de leurs demandes étaient modérées et il est peu des améliorations indiquées qui ne se soient accomplies dans la suite.

Ces cahiers des paroisses sont la manifestation la plus caractéristique de ce mouvement de rénovation sociale qui se prononçait de toutes parts en France. Le système féodal, dont la royauté absolue n'avait su détruire les abus, craquait et se dissolvait ; le joug du servage, bien qu'il se fût adouci considérablement avec les siècles, pesait lourdement encore sur le peuple des campagnes. La noblesse et le haut clergé jouissaient de privilèges concédés jadis pour les grands services qu'ils avaient rendus à la société, mais dont l'utilité n'apparaissait plus. Aussi des aspirations se montraient partout pour l'abolition de ces privilèges et, en particulier, de ceux des droits seigneuriaux, des modes souvent vexatoires dont se pratiquait la perception des impôts et de l'inégalité dans la répartition des charges publiques. On sait comment ce mouvement réformateur dévia dans la suite pour devenir révolutionnaire.

A Monéteau, on ne semble pas alors se douter des grandes perturbations qui vont bientôt se produire. L'abbé Edme Tessier, que l'abbé Albertin a pris pour vicaire à cause de son âge et de ses infirmités, se prépare aux examens de la Sorbonne; le 8 avril 1789, il se présente à Auxerre devant le Chapitre assemblé et, en pré-

(1) Arch. de la famille de Montmorency.

(2) Voir aux *Pièces justificatives*, n° VII.

sence de deux notaires royaux revêtus de leurs robes, il lui fait part qu'il vient d'obtenir le grade de maître-ès-arts en l'Université de Paris.

L'année suivante, le 24 juin, l'assemblée des habitants s'occupe, entre autres choses, du traitement des sonneurs et décide que, pour le paiement de la sonnerie des cloches et du nettoyage de l'église, chaque laboureur, cultivant 12 arpents et au-dessus, paiera un boisseau comble, moitié froment et moitié méteil ; depuis 8 arpents jusqu'à 12, un boisseau raclé, moitié d'un et moitié d'autre; depuis 6 jusqu'à 8, une quarte, et les autres manœuvres, 12 sols. Jean Gireaux et Jean Bénard, sonneurs attitrés, s'engagent à toutes les charges de l'emploi et à rechercher le paiement convenu. Le cultivateur qui aura refusé jusqu'à deux fois de payer cette rétribution aux sonneurs sera poursuivi devant le maire et les officiers municipaux. Trente-trois habitants présents à la délibération s'engagent à payer leur part à la Saint-Jean de Noël et à la Saint-Jean-Baptiste.

Dix-huit jours auparavant, une réunion générale des habitants du village avait été convoquée de la manière ordinaire, c'est-à-dire par le son de la cloche, pour avoir lieu, à la sortie de la messe, sur la place de l'église, et le procureur de la commune avait invité ses concitoyens à prendre part à une « contribution patriotique » votée par l'Assemblée nationale et sanctionnée par lettres patentes du roi. Un membre ayant fait remarquer qu'il n'y avait personne dans la communauté possédant un revenu de 400 livres, tout le monde fut néanmoins d'avis de sacrifier une partie de l'imposition dont la commune avait été déchargée et d'en faire « l'offrande à la patrie. » L'abbé Albertin fournit 30 livres, sur les 93 livres 4 sols que l'on trouva. Mais ce don ayant été omis sur le rôle dressé à cet effet, l'oubli fut signalé dans la réunion municipale du 29 du même mois et le conseil décida que le registre serait renvoyé « pour inscrire monsieur le curé. »

Dans cette année 1790, l'esprit révolutionnaire n'a pas encore pénétré à Monéteau, car, le 15 novembre, la municipalité prend des conditions avec un maître d'école, non seulement pour donner l'instruction aux enfants, mais encore pour assurer le service paroissial. L'instituteur devra non seulement faire la classe le matin dans le Grand-Monéteau et le soir dans le Petit-Monéteau, mais encore « servir l'église et assister à l'administration des sacrements (1). »

(1) Voir, pour plus de détails, aux *Pièces justificatives*, n° VIII.

Au mois de février de l'année suivante, l'abbé Albertin est encore l'objet d'une mesure favorable de la part de l'administration départementale; elle l'autorise à garder son vicaire, à cause de ses 75 ans et de ses infirmités ne lui permettant plus, depuis 17 ans, d'exercer les fonctions curiales, et lui garantit comme pension de retraite les revenus de la cure, tout en réservant à l'abbé Tessier le traitement de vicaire.

Cependant l'ère révolutionnaire était déjà commencée et la Convention s'était emparée des biens du clergé et des émigrés. Les terres du Chapitre sises à Monéteau, ainsi que celles de la Fabrique et des autres maisons religieuses, furent vendues les années suivantes comme biens nationaux.

Parmi les biens des Montmorency, un lot de 80 arpents de terre fut mis en adjudication par le directoire du district d'Auxerre, le 22 fructidor, an III (8 septembre 1795). Il se composait de 70 arpents de terres labourables et le reste en prés, vignes et bois.

La famille de Montmorency possédait encore, peu d'années auparavant, les deux châteaux du Petit-Monéteau.

Le premier, qui renfermait la chapelle de Notre-Dame-de-Bon Secours, avait été vendu, le 4 décembre 1774, pour la somme de 7.000 livres, à dame Marie Coullaut de Berry, veuve de Jean Richer de Prévilliers, qui demeurait à Auxerre. La nouvelle propriétaire fit don de ce château à sa nièce, Madeleine Coullaut de Berry du Marteau, le 29 janvier 1791, lors de son mariage avec Jean Richard de la Brûlerie. Ce dernier le conserva pendant la Révolution et le transmit ensuite à son fils, Henri Bernard.

L'autre château, qui était sur l'ancien emplacement de la maison Griffe, devait avoir plusieurs siècles d'existence, car il est représenté sur un plan de 1630, avec une enceinte de murailles et une tour quadrangulaire. Il appartenait probablement à l'une des familles nobles dont il a été parlé ailleurs. Nous ignorons à quelle époque il fut acquis par les de Montmorency. Cette famille dut le considérer comme le siège de sa châtellenie à Monéteau après la vente de l'autre château, en 1774. Bientôt même elle s'en dessaisissait, car nous voyons, en 1787, le duc Léon de Montmorency et sa femme, Anne-Charlotte de Montmorency-Luxembourg, le vendre à Jean-Baptiste Oudin, marchand à Héry, et à Marie-Anne Perrignon, sa femme, moyennant une rente foncière annuelle et perpétuelle de 750 livres, rachetable de la somme de 18,750 livres. L'acte de vente détaille « la maison seigneuriale de Monéteau avec la pièce appelée la Garenne, consistant en un grand corps de bâtiments, cour, pressoir, colombier à pied, jardin, accins, terres labourables, bois, brossailles, friches et pâtures, contenant environ 47 arpents 54 carreaux, scavoir 9 arpents 42 carreaux en terres labourables, 27 arpents en brossailles, 3 arpents et 40 carreaux en pâtures, 7 arpents en friches, 36 carreaux en emplacement de bâtiments et cour et 36 carreaux en jardin et accins, tenant d'un long du levant au chemin, d'autre au ruisseau de la Commanderie, d'un bout du midi au bois de la Commanderie, d'autre sur le chemin d'Auxerre (1). »

Justice. — On a vu, dans le chapitre précédent, que la justice était parfaitement organisée à Monéteau dès le XVIe siècle. Elle continue à fonctionner régulièrement dans les siècles suivants. Il subsiste encore un registre du greffe du bailliage, commencé en 1617 (2). Les années suivantes, les officiers de la justice font des inventaires de biens, ordonnent la nomination de tuteurs pour des mineurs. En 1636, sur la requête du procureur du roi, on procède à la levée d'un cadavre trouvé sur le territoire de Monéteau. En 1660, Edme Bonnard est lieutenant au bailliage de Monéteau. Deux ans plus tard, c'est Romain Rousselet, licencié en droit, qui remplit cette fonction. On retrouve encore, en 1672, Germain Bonnard dans cet emploi qu'il occupe pour le Grand et le Petit-Monéteau.

La justice du bourg ne semble pas être intervenue dans l'affaire d'un bandit de marque qui s'était alors fixé à Monéteau. C'était un de ces écumeurs qui couvraient les campagnes de leurs exactions et que l'administration du cardinal Richelieu poursuivait avec une grande énergie. Ce routier du nom de Poncet, s'était établi dans le village sur le bord de la rivière (3). De ce poste, il pouvait surveiller le passage des bateaux et rançonner facilement pêcheurs et mariniers ; il s'y maintint pendant plusieurs années, grâce à la terreur qu'il inspirait et peut être aussi à la complicité de quelques compatriotes auxerrois. Les vols à main armée, les assassinats, les incendies et les vexations de toutes sortes se succédaient sans relâche et son audace inouïe faisait trembler tout le monde devant lui. On réussit enfin à s'emparer de sa personne et il fut dressé contre lui un mémoire dont l'original subsiste encore aujourd'hui à la Bibliothèque nationale (4). Il a été publié, en dernier lieu, dans l'*Annuaire de l'Yonne*, année 1891, avec une vue du château du Petit-Monéteau, datant du XVIIIe siècle. Poncet fut

(1) Archives de la famille de Montmorency, à Seignelay.

(2) Arch. de l'Yonne, 1792.

(3) La maison habitée par Poncet ne pouvait être le château du Petit-Monéteau qui appartenait alors à la famille Chevallier.

(4) Voir le texte complet aux *Pièces justificatives*, n° VI.

jugé à Sens par le « prévost des mareschaux » et bien que l'on ignore la conclusion du procès, on doit penser que le moindre châtiment fut pour lui d'être pendu haut et court.

Le Chapitre continue, pendant le XVIIe siècle, d'amodier ce qu'on appelait la recette de la petite chambre, c'est-à-dire le greffe, le notariat, la prévôté, la sergenterie, les droits de cens, lods et ventes. Laurent Robert, praticien à Monéteau, prend à bail pour 5 ans ces différents droits, moyennant une redevance de 60 livres par an. Les bénéfices attachés à ces différentes fonctions n'allèrent pas en augmentant, car en 1698, le prix du bail avait baissé à 31 livres ; il ne s'éleva guère, pendant le siècle suivant, au-dessus de 20 livres, et il fut attribué pendant plus de quatre-vingts ans à une famille de laboureurs portant le nom de Girault (1).

Les prérogatives de la justice de Monéteau n'étaient sans doute pas assez étendues pour juger un crime qui fut accompli, en 1786, par une femme, du nom de Marie-Louise C. et un homme de Merry-la-Vallée, du nom de Louis T. Ils furent condamnés, nous ne savons par quelle juridiction, l'une à être pendue et à payer 100 livres d'amende, le second à être rompu et à payer également 200 livres au roi. Les biens de la condamnée devant appartenir au Chapitre, comme seigneur de Monéteau, le chanoine Paradis fut chargé de s'informer du lieu et de l'étendue de ces biens sur lesquels l'amende devait être prélevée ; mais d'après un rapport signé par Petitjean, procureur fiscal, Guignier, greffier, Jean Perrut et Lazare Lemoux, il fut reconnu que cette femme n'avait aucune propriété à Monéteau et qu'elle était originaire d'Ormoy.

Les officiers de justice de Monéteau disparurent bientôt, avec le décret qui supprimait les droits de seigneurie du Chapitre. Ils furent remplacés, dans les années 1790 et 1791, par des membres de la municipalité qui tenaient de temps à autre des audiences de police et imposaient des amendes pour des délits de chasse ou autres de peu d'importance. Ce n'est que plus tard que fut organisé l'exercice de la justice, tel qu'il existe aujourd'hui.

Impôts. — En dehors des redevances seigneuriales dont il a été parlé, les populations avaient encore à leur charge d'autres impôts qui étaient payés au roi. C'était, en premier lieu, *la taille royale*, imposée une première fois en 1444, par Charles VII, pour la solde des troupes régulières qu'il prenait à la place des milices ; celles-ci, qui devaient être fournies par les seigneurs, étaient mal disciplinées et désolaient souvent le royaume par leurs brigandages.

Le second impôt était *le taillon*, qui fut établi en 1549 par

(1) Arch. de l'Yonne, G. 1792.

Henri II pour subvenir au service des étapes et dispenser les habitants de nourrir les gens de guerre. Cette contribution, réunie au don gratuit que les Etats de Bourgogne accordaient chaque année au trésor royal, montait pour le comté à 3709 écus (1).

Pour compléter ces renseignements, ajoutons que, à côté de la *Généralité* qui était une division administrative, l'*Election* était une juridiction financière, chargée de la répartition de la taille et autres impositions directes, et du jugement de toutes les réclamations ou difficultés en matière d'aides, gabelles et autres impôts indirects. A ces différents points de vue, les deux parties de Monéteau étaient dans une situation différente. La rive gauche, dépendait du bailliage d'Auxerre, de la généralité de Paris, de l'élection de Tonnerre et de la subdélégation d'Auxerre. La rive gauche, au contraire, appartenait au bailliage de Villeneuve-le-Roi, à la généralité de Bourgogne, à l'élection et à la subdélégation d'Auxerre (2).

Le prélèvement des tailles ne s'accomplissait pas toujours avec facilité. Le chiffre à fournir était imposé sur chaque communauté qui nommait les collecteurs chargés de cette besogne. En 1709, Blaise Petitjean, syndic et Georges Peziers, des Dumonts, avaient été nommés pour « faire l'assiette et la collecte des tailles » qui se montaient à la somme de 786 livres, mais ils n'avaient pu trouver que 27 livres 13 sols. Ils s'étaient fait assister d'un sergent pour saisir le mobilier, mais, dit le rapport, ils n'avaient trouvé que « trois ou quatre chaudrons et une escuelle » ; aussi avaient-ils fait part au receveur des tailles de la misère des habitants. On ressentait à Monéteau, comme ailleurs, les sinistres conséquences de l'hiver terrible qui venait de s'écouler et de la famine qu'il avait causée. Pour toute réponse, le receveur avait envoyé sommation de payer les quartiers échus et il avait fait emprisonner pendant quinze jours Georges Peziers.

Le dimanche, 26 mai, Peziers fut mis en liberté provisoire et la majeure partie des habitants se réunissant devant la porte de l'église, selon l'usage, à la sortie de la messe paroissiale, constata par devant Edme Bondoux, notaire à Monéteau, qu'il était impossible de payer la taille. Leur requête faisait observer « qu'ils ont esté obligés de donner tous leurs meubles (3) et effets pour ce nourrir, qua présent ils nen ont plus aucun et personne ne veut leur rien preter ny les secourir quils nont rien recueillie lannée

(1) Chardon. *Hist. d'Auxerre*, t. II, p. 21.
(2) Arch. de l'Yonne, G. 1740.
(3) Ibidem, G. 1661.

derniere et que leurs terres ont esté endommagée par la gelée comme les vignes et les noiers que les semences quils avaient faite lannée derniere sont entierement perdues quils nont aucune ressource et quils se voient exposees a mourir de faim comme ils ont desja aisté a quelquun desdits habitants leurs femmes et leurs enfants quils sont tous obligés de coucher sur la paille, le temps facheux les aiant obligee de vendre leurs lits pour subsister jusqua present quils ne soutiennent leurs miserables vies quavec des herbes quils mangent sans scesse naiant pas moyen de achepter et quand mesme ils trouveraient a gaignier quelque chosses par leurs travaille ils ne seroient pas en estat de le supporter estant attenués depuis longtemps de la mauvaise nourriture quils ont plus des deux thiers desdits habitant mendiant leur pain et paraissant comme des cadavres. »

Pour ces raisons, les habitants chargèrent les collecteurs de remettre entre les mains de l'évêque d'Auxerre, élu des Etats de Bourgogne, les rôles de leurs tailles et une supplique, pour le prier d'obtenir la décharge de cet impôt onéreux. Malgré l'exagération qu'il faut sans doute voir dans ces plaintes destinées à faire diminuer les charges de la communauté, on trouve là un tableau assez fidèle et effroyable des malheurs accumulés par le trop fameux hiver de 1709.

Monéteau continua à payer ces impôts dans le courant du XVIIIe siècle. On possède encore (1) pour un grand nombre d'années le rôle « des tailles du taillon ordinaire, entretenement des garnisons, subsistance des troupes, exemptions des garnisons, dons gratuits et octroys » imposés sur la communauté. Il se monte en 1741, à 517 livres pour le taillon et 142 livres 10 sols pour la capitation ; en 1748, la taille du taillon est de 708 livres 13 sols 3 deniers ; en 1769, elle est de 907 livres 9 sols 9 deniers ; en 1776, elle descend à 661 livres 18 sols, et la capitation à 113 livres 3 sols 9 deniers.

En 1778, les impôts perçus à Monéteau se décomposent ainsi, d'après l'état fourni par le receveur des finances (2) :

Partie dépendant de la généralité de Paris.

NOMBRE DE COTES : 114.

Tailles........................	647 l. 15 s.
2e brevet......................	292 l.
Capitation.....................	374 l.
TOTAL.............	590 l. 3 s.

(1) Arch. de l'Yonne, G. 112.

(2) Ibidem, G. 1.

Partie dépendant de la généralité de Bourgogne.

NOMBRE DE COTES : 43.

Tailles	816 l.	6 s.
Capitation	176 l.	13 s.
Cotte du 20e	73 l.	
20e	364 l.	9 s.
TOTAL	1357 l.	8 s.

En 1792, malgré les modifications apportées dans la nature des impôts, le mode de perception est demeuré à peu près le même. Les officiers municipaux mettent, le 26 février 1792, en adjudication la perception de la contribution foncière de l'année 1791. La contribution mobilière s'élève à la somme de 506 livres et les sous additionnels à 151 livres 16 deniers. Le droit de patente est évalué à 96 livres et la contribution foncière à 7383 livres 10 sols. Il n'y avait pas grand empressement, car la perception ne fut adjugée qu'après trois enchères à Edme Perru et Lazare Chevillon, à raison d'un droit de réserve de 3 deniers par livre ; encore abandonnèrent-ils bientôt cette charge qui fut adjugée de nouveau, le 28 mai, à Edme Jeandé et Pierre Latrois, à raison de 6 deniers par livre sur la contribution foncière et 3 deniers pour la mobilière et le droit de patente (1).

Dîmes. — Dans son *Histoire de l'Auxerrois*, M. Challe constate que si la viticulture avait acquis, au XVIIe siècle, dans ce pays un remarquable degré de perfection dans ses procédés et ses produits, l'agriculture était misérable, car un état statistique dressé par l'intendant Boucher, en 1665, porte que sur les paroisses du comté d'Auxerre, il n'y en a que neuf où le froment soit cultivé. Monéteau était de ce nombre privilégié, et la culture du blé semble y avoir toujours marché de pair avec celle de la vigne.

On a vu plus haut que le Chapitre percevait les dîmes de grain sur toute la paroisse. En 1660, le chiffre de cette redevance se monte à 150 bichets de blé froment, 20 bichets d'avoine et 11 livres d'argent. La dîme ne se percevait pas partout dans les mêmes proportions. Sur certains climats, elle était du 16e ; en général, elle s'élevait au 20e sur le Grand-Monéteau et au 24e de l'autre côté de la rivière. En prenant la moyenne de ces chiffres, on trouve que la récolte totale de blé équivalait à plus de 2.400 bichets.

Les dîmes de grain, comme les autres redevances du Chapitre,

(1) Arch. de Monéteau.

étaient mises en adjudication chaque année à Monéteau par deux chanoines venus d'Auxerre, et les deux ou trois habitants qui avaient accepté l'enchère s'engageaient à fournir une caution, à percevoir les dîmes et à livrer du grain « bon, loyal, marchand, bien vanné, sec et net et non bruiné », à la mesure du Chapitre.

Voici quelques-uns des chiffres des dîmes pendant le XVIIe et le XVIIIe siècle. En 1670, 100 bichets de blé, 20 bichets d'avoine, 8 livres. — En 1695, 155 bichets de blé, 15 bichets d'avoine, 108 sols. — En 1710, 60 bichets de blé, 11 bichets d'avoine, 8 livres 15 sols. — En 1723, 114 bichets de froment, 11 bichets d'avoine et 9 livres. — En 1740, 100 bichets de blé, 11 bichets d'avoine et 3 livres. — En 1772, 145 bichets de blé. En 1781, le tiers de la dîme du Grand-Monéteau et la moitié de celle du Petit-Monéteau produisent 75 bichets de froment. En 1788, elle est adjugée à 140 bichets.

Les formalités de la mise aux enchères de la dîme de vin étaient plus compliquées, en raison sans doute des fraudes qui pouvaient plus facilement s'y commettre. Les adjudicataires s'engageaient à donner « de bon vin, clair, nouveau, loyal, marchand, non vitié et provenant du crû des vignes dudit finage, envaisselé en vaisseaux neufs, reliés et commandés aux deux bouts, livrable quinze jours après les vendanges prochaines. »

Ils étaient tenus en plus de recueillir le vin de la dîme dans un local convenu dont ils avaient la clef, et le produit de la levée devait être goûté par un gourmet. Après la dégustation, si le vin était déclaré recevable, la part du Chapitre était aussitôt transportée à Auxerre.

La dîme de 1662 se montait à 10 muids, et comme elle se percevait au 20e, il faut conclure que la récolte de vin sur Monéteau se montait à plus de 200 muids. Bien que le pinot fût le seul plan de vigne cultivé à cette époque, et en admettant un peu de fraude, ce rendement est bien minime et très inférieur à celui d'aujourd'hui. La culture de la vigne était beaucoup moins répandue à Monéteau qu'à notre époque.

La dîme de 1662 est la plus importante de celles qui sont perçues vers la fin du XVIIe et dans le courant du XVIIIe siècle. Bien que l'estimation de cette redevance dût toujours être approximative et probablement inférieure au chiffre réel, les résultats qu'elle donne présentent une grande variation, et la récolte est parfois presque nulle. En 1668, la dîme se monte à 3 feuillettes ; en 1669, à 24 feuillettes et 6 livres pour les mises ; en 1706, à 20 feuillettes et 1/4 et 11 livres 1 sol ; en 1712, à 13 feuillettes et 9 livres; en 1741, à 18 feuillettes et 9 livres; en 1755, à 2 feuillettes;

PLAN PARTIEL DE MONÉTEAU (XVIIe SIÈCLE).

LÉGENDE : **A.** Eglise. — **B.** Cimetière. — **C.** Auditoire. — **D.** Les Boisseaux. — **E.** Montaigu. — **F.** Rivière d'Yonne. — **H.** Chaussée. — **K.** Moulin. — **L.** Rû Fagot. **M.** Fossé d'écoulement. — **N.** Ile Saint-Quentin. — **P.** Chapelle Saint-Quentin. — **Q.** Maison des Templiers. — **R.** Grand chemin d'Auxerre. — **S.** Châteaux.

en 1766, à 5 feuillettes ; en 1769, à 14 feuillettes; enfin en 1771, elle est de 4 feuillettes (1).

L'étendue du territoire sur laquelle s'opérait la perception de la dîme n'était probablement pas bien déterminée, car elle suscita, vers 1650, de fréquentes contestations qui étaient portées devant le bailliage de Monéteau. La solution de ces difficultés donna lieu à plusieurs descentes d'experts et à un arrêt du Parlement qui détermina, en 1652, après une nouvelle expertise faite par le lieutenant assesseur du bailliage d'Auxerre, les limites de la dîmerie de vin et les bornes du finage de Monéteau, du côté d'Auxerre.

Un des plus importants documents relatifs à cette affaire est un plan partiel du territoire de Monéteau ; ce dessin, peint à l'eau sur parchemin par Claude Anglert, peintre à Auxerre, renferme de curieuses indications et, malgré son imperfection, il nous est très précieux. Les principales constructions du bourg y sont seulement figurées. Devant la grande porte de l'église est représenté un auvent qui n'existe plus depuis longtemps. Ce monument ne possède qu'une nef, sans bas-côtés. Chose singulière, la sacristie actuelle n'y est pas, bien qu'elle soit bâtie dans le style flamboyant du xve siècle. Le cimetière y est marqué à la place qu'il occupe encore aujourd'hui. En face de l'église se voit l'auditoire dont il a été question plus haut.

L'île de Saint-Quentin apparaît au milieu de la rivière, tandis qu'aujourd'hui elle n'est plus séparée de la rive gauche que par un passage étroit. Le moulin à eau de Monéteau est également reproduit, ainsi que les chaussées du grand et du petit pertuis. La chaussée aboutissant à la rive droite a disparu depuis, tandis que celle de gauche a subsisté jusqu'aujourd'hui ; on la voit parfaitement au moment du chômage, lorsque les eaux sont baissées. Une de ses branches a même été allongée jusqu'à l'île de Monéteau, comme pour barrer la rivière et renvoyer la plus grande masse de l'eau contre la rive droite. Ce travail dut être accompli pour faciliter la montée des coches jusqu'à Auxerre et la chaussée de droite fut détruite probablement dès cette époque.

Le château, acheté un peu plus tard par Colbert, ne possède pas encore la chapelle qui fut bâtie vers 1640. Ce détail nous indique l'âge du plan, qui fut vraisemblablement dessiné quelques années auparavant.

Le bornage de 1652 fut complété par un autre plus détaillé, s'étendant à toute la terre de Monéteau, et le procès-verbal en fut

(1) Arch. de l'Yonne, G. 1640.

dressé (1668) en présence du lieutenant général au bailliage d'Auxerre, de Jean-Baptiste Colbert, marquis de Seignelay et seigneur du Petit-Monéteau, des habitants du bourg, du Chapitre cathédral, seigneur du Grand-Monéteau, des religieux de Saint-Germain, seigneurs de Gurgy, et de André du Rueil, seigneur de Saint-Maurice-Thizouailles et du fief de Saint-Maurice au Petit-Monéteau (1).

Cette opération était-elle inexacte ou incomplète, ou bien les traces en disparurent-elles dans la suite ? Toujours est-il que, un siècle plus tard, en 1773, le Chapitre résolut de faire procéder à un nouveau bornage de la dîmerie et du finage de Monéteau, pour la confection d'un terrier. Deux notaires d'Auxerre reçurent mission de l'exécuter, moyennant une somme de 120 livres et à condition de fournir une expédition des titres sur papier ordinaire ainsi qu'une grosse du terrier. Le Chapitre voulait également se rendre compte par là des dépenses qu'il aurait à faire pour confectionner les terriers de ses autres seigneuries.

Les réclamations de plusieurs habitants et d'autres difficultés entravèrent pendant longtemps l'exécution de cette mesure, et le bornage ne fut terminé qu'en mai 1780. Il donnait comme limites à Monéteau les pays d'Appoigny, de Perrigny et de Gurgy, ainsi que les terres des abbayes de Saint-Marien, de Saint-Martin-lès-Saint-Marien, de Saint-Germain, du côté de Sougères (2).

Fours banaux. — L'existence des fours banaux créait une double obligation, de la part du Chapitre qui devait les faire tenir en bon état et de la part des habitants qui ne pouvaient aller cuire leur pain ailleurs. Ces conditions n'étaient pas toujours observées exactement. En 1640, les fourniers de Monéteau et de Sommeville ne remplissaient pas leur service, car, sur la plainte des intéressés, le bailliage d'Auxerre mit en demeure le Chapitre de faire chauffer régulièrement ces fours et contraignit les fourniers à payer au Chapitre le prix de location des fours et à faire cesser les poursuites.

En 1674, ces fours étaient en mauvais état et ne pouvaient plus servir. De nouveau les habitants adressent une requête au bailli d'Auxerre, menaçant de faire construire un four chacun chez eux et de réclamer des dommages-intérêts, si les fours banaux ne sont pas réparés.

Les fourniers, de leur côté, ne manquaient pas de réclamer

(1) Arch. de l'Yonne, G. 1949 et 1943.
(2) Ibidem, G. 1939.

contre ceux qui s'abstenaient de venir au four banal. Ces établissements qui avaient rendu jadis de grands services aux populations des campagnes étaient devenus presque une servitude pour certains particuliers qui avaient construit des fours dans leur habitation. En 1707, les fourniers adressèrent une plainte au bailli de Monéteau contre plusieurs particuliers qui ne venaient pas au four banal. Trois de ces derniers furent convaincus de contravention et condamnés à 4 livres chacun d'indemnité aux fourniers.

La cuisson se faisait d'ordinaire trois fois par semaine. Un premier coup de trompe avertissait du moment de faire le pain et un second appel signalait le moment d'apporter les pâtes au four. Les fourniers étaient tenus d'entretenir les *couvrelles*, les pelles et les autres ustensiles nécessaires.

Quant au bois, il était pris d'ordinaire dans la forêt de Montaigu. Le 9 décembre 1787, Edme et Cire Petitjean et Jean Pérut prennent à bail pour trois ans les fours banaux de Monéteau et de Sommeville, à raison de 100 livres de redevance annuelle, moyennant le droit de percevoir une livre de pâte sur vingt livres apportées au four. Le Chapitre s'engage de son côté à fournir tous les ans neuf milliers de bourrées, de 26 à 30 pouces, livrées par les adjudicataires des coupes de Montaigu ou d'autres bois, à la distance d'une lieue au plus, et à la charge pour les fourniers de les faire enlever chaque année du 1er mars au 1er juillet, pour les emmagasiner dans le lieu qui leur conviendra.

Rivière. — Depuis plusieurs siècles un pertuis avait été établi à Monéteau pour faciliter la navigation. Parmi les causes qui endommageaient souvent ces écluses primitives, il faut compter sans doute au premier rang l'usage qui existait alors de les ouvrir à certains jours pour transporter les bois en flottage jusqu'à Paris. Les eaux de ces éclusées étaient achetées aux usiniers par le commerce des bois qui les indemnisait ainsi des chômages occasionnés par le lâchage des eaux de leurs biefs. Ce mode de transport des bois vers la capitale dura jusqu'au milieu du XVIe siècle, époque où l'invention du flottage en trains le fit abandonner.

Un procès-verbal de réception des réparations faites au pertuis de Monéteau par devant le lieutenant du bailliage et mairie du pays, en 1552, constate qu'elles ont été opérées dans les conditions voulues. Une cause inconnue vint-elle peu après apporter de nouveaux dommages ? Quoi qu'il en soit, au mois de juillet un entrepreneur remplit de pierres le grand pertuis, et la quittance de ce travail se monte à 6 livres 10 sols.

Dans le courant de l'année suivante, des réparations importantes furent faites de même au petit pertuis par Aubin Pesselière, habitant de Monéteau. Il y frappa 104 « pieux tant pynot que pieux marchands, » et ce travail avec « barre, liarnes et chanlattes en queue d'aronde, » lui fut payé la somme de 109 livres, 4 sous (1). Aujourd'hui encore il reste des vestiges de cette opération, car au moment du chômage de la rivière, on aperçoit un certain nombre de pieux enfoncés dans le lit de l'Yonne, à la tête d'une chaussée qui coupe le faux lit de la rivière et va rejoindre l'île un peu en aval du pont suspendu.

Le Chapitre louait, dans la seconde moitié du XVIe siècle, les « moulin, bief, sous-bief, écluses, grand et petit pertuis » pour une rente moyenne de 100 bichets de froment et 160 livres en argent ; mais, dans la première moitié du XVIIe siècle, cette redevance diminua beaucoup car elle n'était que de 45 bichets en 1741, et de 26 seulement en 1748.

Il y avait encore, dans le courant du XVIe siècle, un moulin à Monéteau, sur la rivière. Il se trouvait « près de l'esglise et la chapelle de Saint-Quantin et de la Croix de Champigny », et en face de l'ancien village de Champigny ; il était également accompagné d'un pertuis. Le 20 septembre 1574, le Chapitre donne à bail viager, moyennant une rente de 30 bichets et la charge des réparations, ce moulin avec ses dépendances qui se décomposaient ainsi : « maison, chauffouer, biez, escluses, vannes, vannèges, barres de pertuis, isle étant sur la rivière d'Yonne à l'endroict de l'esglise et chappelle de Saint-Quantin et aultres isles sur ladite rivière, droits de rivière et pescheries et aultres appartenances » (2).

C'est la seule mention que l'on trouve de ce moulin et de ce pertuis. Ils disparurent probablement après l'ordonnance des Eaux et Forêts de 1669 qui réglementa les cours d'eau et les usines et supprima les obstacles qui s'opposaient au libre parcours de l'Yonne.

Cependant le pertuis de Monéteau était de construction défectueuse, ce qui occasionnait de grands frais d'entretien et entravait en même temps la navigation. En 1598, une sentence de l'Hôtel de Ville de Paris ordonnait que le pertuis et le moulin fussent rétablis comme ils étaient anciennement, afin d'éviter une grande déperdition d'eau et de rendre libre le parcours de la rivière. Le Chapitre voulut sans doute résister à cette sentence, car un nouvel arrêt ordonna aussitôt la saisie du temporel des chanoines. Ceux-ci se soumirent alors, fournirent une caution pour faire lever la

(1) Arch. de l'Yonne, G. 1940.
(2) Ibidem, E. 400.

saisie et s'engagèrent aux réparations exigées. Ils durent cependant mettre quelque lenteur à entreprendre les travaux, car un jugement du 8 juillet de la même année les mettait en demeure de déclarer, dans la quinzaine, s'ils entendaient faire rétablir le moulin de Monéteau et rendre la rivière navigable.

Pour couvrir ces frais considérables, le Chapitre demanda au roi, en 1612, de lui accorder un droit sur chaque bateau qui passerait par le pertuis, sinon il lui offrait de lui abandonner le moulin. Avant de répondre à cette requête, le roi fit donner ordre par son conseil au bureau des finances à Paris de faire la visite des écluses de Monéteau pour vérifier le dommage que les bois flottés y avaient causé.

C'est vers cette époque que le gouvernement royal établit le monopole des coches qui fut cédé, en 1620, à Charles de Loménie, avec le droit exclusif du transport des personnes entre Paris et Auxerre, au moyen de deux bateaux ou coches, sur la Seine et sur l'Yonne. Les coches devaient partir et arriver à jours fixes, la descente à Paris durant cinq jours, et le retour s'effectuant en six jours.

Colbert, devenu possesseur de la terre de Seignelay puis de celle du Petit-Monéteau, voulut avoir ses coches pour l'utilité de son service et celui de ses vassaux. Quand il fut ministre, il mit ses soins à relever la France par le travail industriel et les manufactures et il fonda, notamment à Seignelay, une fabrique de drap et de serges. Pour faciliter l'écoulement de ces marchandises, il obtint du roi, au mois de mai 1665, des lettres patentes l'autorisant à établir quatre bateaux ou coches couverts sur la Seine et l'Yonne. Ces coches devaient partir deux fois par semaine de Monéteau pour Paris et, de même, repartir de Paris pour Monéteau. En cas d'inondation ou de gelée, les coches d'eau devaient être remplacés par des voitures ou charrettes (1). On a vu que le port où venaient aboutir les coches se trouvait au Petit-Monéteau.

En janvier et février 1684, il survint des inondations qui endommagèrent de nouveau les deux pertuis de Monéteau, et le Chapitre refusant de faire les réparations nécessaires, les pertuis furent démolis en vertu d'une sentence du prévôt des marchands, en 1707. Les meuniers continuèrent à percevoir les droits de péage, mais un arrêt du Conseil d'Etat, du 20 décembre 1740, les supprima totalement.

A partir de cette époque, le fonctionnement du moulin devint

(1) Collection Delamare. Bibliot. nationale, mss. français, f. 21702.

de plus en plus difficile. En 1771, le meunier était hors d'état de payer le bail du moulin qui dépérissait entre ses mains. Trois ans après, le Chapitre prit le parti de résilier le bail, et comme les marchands de bois prenaient toute l'eau de la rivière pour faciliter la navigation, il résolut de supprimer le moulin qui devenait inutile, de louer la maison et d'établir un pré dans le bief. Un arrêt du Conseil de 1780 confirma la suppression définitive du moulin.

La propriété de la rivière entraînait naturellement celle de la pêche. Le Chapitre jouissait de ce droit, au XVIIe siècle, depuis la tour Saint-Pancrace, d'Auxerre, jusqu'au rû du Pissoir, et de là jusqu'à l'île Paule, en face de la chapelle Saint-Pavas des Bries. Concurremment avec les chanoines, les habitants du pays participaient à ce droit de pêche, car une sentence de la maîtrise particulière des Eaux et Forêts leur permit, en 1647, de jouir « des usages et pescheries concédés par la transaction du 30 mars 1353, jusqu'à ce qu'autrement en ait été ordonné », et à la charge de ne pêcher ni faire pêcher hors de la saison et avec les engins défendus par les ordonnances.

Peu d'années après cette confirmation de leurs droits, en décembre 1652, les habitants, sollicités par le comte Henri de Vienne, commandant de la province de Bourgogne et seigneur du Petit-Monéteau, lui abandonnèrent ce droit de pêche dans l'Yonne depuis l'île Paule jusqu'à la tour de Saint-Pancrace, en considération des services qu'il leur avait rendus et de ceux qu'ils attendaient de lui. Le comte s'empressa de donner en location ce droit pour cinq années, au prix d'une rente annuelle de 100 livres. Mais deux ans après, en 1655, une sentence du bailliage d'Auxerre ordonna aux habitants de remettre la pêche dans la situation où elle était avant cet abandon, sinon elle autorisait le Chapitre à s'emparer de la rivière et à réunir le droit de pêche à son domaine, sauf, bien entendu, les autres droits reconnus. Un arrêt du Parlement, vint, en 1659, confirmer cette sentence.

L'affaire n'en resta pas là et les démêlés sur cette question continuèrent entre le Chapitre et Colbert, lorsque ce dernier eut acheté le château du Petit-Monéteau. Le Chapitre tenta, par plusieurs moyens, de s'opposer à la location de la pêche que prétendait donner le nouveau seigneur, mais il avait affaire à forte partie, et ce n'est que longtemps après, le 18 mai 1707, qu'il obtint une sentence des Requêtes du Palais condamnant maître Rochon, tuteur onéraire de Jean Colbert, à se désister des droits de pêche et à payer une indemnité, à l'estimation d'experts (1). Depuis lors

(1) Arch. de l'Yonne, G. 1940.

les chanoines ne furent plus troublés dans la jouissance de la pêche à Monéteau.

En cette même année 1707, le Chapitre amodia ses droits de pêche dans l'Yonne qui fut partagée en trois sections. La première, allant de la tour Saint-Pancrace au rû du Pissoir, fut donnée pour 7 ans à Etienne Mullot, pêcheur, moyennant une rente de 130 livres. La seconde fut adjugée pour le même temps à Lazare Petitjean, laboureur à Monéteau, qui s'engage à fournir la somme de 25 livres par an. Cette redevance s'éleva beaucoup dans les baux suivants et se montait, en 1714, à 100 livres. Elle se maintint dans la suite à environ 90 livres. Ce cantonnement s'étendait depuis « le rû du Pissoir en descendant vers les Boisseaux jusqu'au moulin de Monnestau, tirant à la queue de l'isle qui est vis à vis le courtil aux Buissons, en ce non compris les biefs et sous-biefs des deux pertuys et moulin, plus de l'isle de Saint-Quantin. » La troisième section allait depuis le moulin jusqu'aux « pieux de Gurgy ou l'isle Paule » et le rendement annuel était d'environ 45 livres.

Terminons cette histoire de la rivière en relatant un procès de pêche. C'était en 1662. Sur une dénonciation du procureur de la justice de Monéteau, le lieutenant, Romain Rousselet, fait appeler à sa barre Edme Thibault. Après avoir prêté serment, ce dernier répond, sur les questions qui lui sont posées, que le quatrième jour du présent mois (septembre) il a été entraîné par maître Thomas Bernier, avocat à Auxerre, maître Jacques Poursin, bailli de Seignelay, Ithier Fondrier, procureur au bailliage d'Auxerre, maître Paintandre, notaire royal à Auxerre et le sieur Lagaraine. Il avoue ensuite que montant seul sur un bateau, il a pêché avec un « espriviay » et pris « deux gardons » qu'il a laissés dans le bateau. Il allègue pour sa défense qu'il ignorait la prohibition de pêcher, portée par les ordonnances, et qu'il n'a jamais pêché à l'épervier ni au feu. Le procès-verbal de l'interrogatoire porte que ces réponses n'étaient pas conformes à la dénonciation. Le dossier (1) de cette affaire est malheureusement incomplet et ne renferme pas le jugement, sans doute négatif, qui fut porté contre le délinquant.

II. — LES HAMEAUX

Sommeville. — On ignore l'origine de ce hameau. L'installation d'un four banal, dans la seconde partie du moyen-âge, indique que sa population était assez importante.

(1) Arch. de l'Yonne, G. 1792 et 1939.

En octobre 1265, le chapitre achète à Jean d'Appoigny (1) le pré des « Fourneaux » et le bief du moulin de Sommeville, pour la somme de 10 livres tournois (environ 1.350 fr. de notre monnaie).

Le bail viager du moulin et de ses dépendances, donné en 1301 à Godefroy de Palliard et sa femme, se monte à 6 livres de rente.

En 1507, Denis et Pierre Giroust, laboureurs, prennent ce même moulin, qui était alors transformé en foulon, pour un bail emphytéotique de 5 livres de rente foncière et 2 sols de cens.

Vingt-deux ans plus tard, le Chapitre autorise Roger Lemeur et sa femme à rétablir le foulon en moulin à farine, à la charge de payer à la fabrique de Monéteau 9 livres de rente perpétuelle et 2 sols de cens.

En 1573, ce moulin appartient à messire Leclerc, lieutenant général au bailliage d'Auxerre.

En 1657, les Jésuites d'Auxerre possèdent à Sommeville une métairie consistant « en bâtiments, aisances et appartenances » et 21 arpents de terres labourables, plus trois arpents de prés en plusieurs pièces. Ils le louent à Cire Marquet, pour une redevance de 35 bichets de froment, mesure d'Auxerre, et 30 livres d'argent, payables à la Saint-André.

Vers le milieu du XVIIIe siècle, la métairie et le moulin appartiennent à messire Florentin Dassigny, « commandant des milices du nord, près le cap français, isle et coste Saint-Domingue ». Après sa mort, Elisabeth de Vizien de la Guette, sa veuve, épouse (1766) en secondes noces Charles-Claude Bérault, bourgeois de Paris. Ce dernier était fils de Jean-Claude Bérault, docteur en médecine à Auxerre, et de dame Edmée Leclerc.

En 1789, la propriété appartenait à M. Housset. Il la vendit en 1798 à M. Bonnet, avocat, à Paris.

C'est au-dessus de Sommeville, sur la route nationale, que se trouve le *Pont de Pierre*, qui traverse le rû de Beaulche. Ce pont, qui remonte à une époque immémoriale et probablement aux Romains, n'était plus construit qu'en bois, en 1784. Les Etats-généraux de Bourgogne décidèrent sa reconstruction en pierre, et les frais des travaux montèrent à la somme de 45.664 livres. C'est sur ce pont que passait la limite entre les deux provinces de Bourgogne et de l'Ile-de-France.

Nous ne savons si c'est de ce passage qu'il est question dans un acte notarié (2) de 1492, lequel mentionne un chemin allant

(1) Arch. de l'Yonne, G. 1792.

(2) Ibidem, E. 372.

« de la Croix de Champigny au pont de Sommeville ». Peut-être s'agit-il là d'un autre pont établi également sur le rû de Beaulche, près de son embouchure dans l'Yonne. Ce pont, en planches, portait déjà au siècle dernier, le nom de « Tacquot ». Il est solidement établi aujourd'hui sur une arche en briques et pierres.

Saint-Quentin. — Il ne reste que très peu de renseignements sur ce hameau. Les deux seules pièces qui subsistent nous démontrent qu'il avait été presque entièrement détruit dans la guerre des Anglais.

Le 10 juin 1496, Guillaume Guenin, receveur du comté d'Auxerre, donne à bail (1) à Jean Chaboisseau une maison avec ses dépendances sise à Saint-Quentin, tenant d'un long au chemin d'Auxerre à Seignelay, et « 50 arpents de terre en bois déserts et buissons assis au-dessous des bois du Bar ». A cause du défrichement, il fut convenu que le bailleur ne paierait, la première année, que 15 bichets de froment ; 30 bichets, dont 20 de blé et 10 d'avoine, les trois années suivantes ; et, dans la suite, 48 bichets de froment, 32 d'avoine, 1 de pois, et 1 boisseau de fèves.

Deux années plus tard, Guillaume Guenin loue à Noël Michau et à Huguette, sa femme, « une pièce de terre en bois déserts et buissons assis au-dessous des bois du Bar, tenant aux terres baillées à Chaboisseau » et contenant 20 arpents, pour une rente perpétuelle de 12 bichets de froment, 8 d'avoine et 1 boisseau de fèves. Le bail porte la mention suivante : « Et pour ce que ledit héritage est en grant ruyne a esté accordé entre lesdites parties que lesdits preneurs ne paieront rien pour les deux premières années ; et seront tenus de faire et ediffier maison audit heritage dedans dix ans bonne et convenable pour y faire demourance et essarter et mettre en estat lesdits héritages ».

Près de Saint-Quentin se trouvait la propriété de *Montaigu*, dont il est fait mention, dès le XVIe siècle, dans les actes des notaires auxerrois. Au commencement du XVIIIe siècle, cette propriété constitue un domaine, avec une maison d'habitation et une ferme. Elle appartenait alors au sieur d'Avigneau, lieutenant général d'Auxerre, comme il est mentionné dans deux plans, l'un de 1708 et l'autre de 1724, représentant les bois du Chapitre à Monéteau. Nous ignorons de qui dépendait le domaine au moment de la Révolution.

Les Dumonts. — On a vu que parmi les cinq églises données, avec leur revenu, par l'évêque d'Auxerre au Chapitre de cette

(1) Arch. de l'Yonne, E. 373.

ville, en 997, figure, à côté de celles de Gurgy et de Monéteau, celle de Champigny (*Campiniaci*). Ce village était situé près de la chapelle qui porte aujourd'hui le nom de Saint-Quentin et qui alors en était sans doute l'église (1). Il fut probablement détruit pendant la guerre des Anglais et reconstruit un kilomètre plus loin, au midi, sous le nom « des Dumonts ».

Il est question, en 1273, d'un acte par lequel Hubert de Champigny et sa femme vendent au Chapitre trois quartiers de bois dans la forêt du Bar, pour 60 sols (2).

A peu de distance de cette agglomération, la léproserie de Saint-Siméon d'Auxerre possédait, au commencement du xve siècle, une terre et des bâtiments qu'on appelait « la grange de Champigny ». En 1487, l'administration de la léproserie donne à bail perpétuel cette métairie de Champigny à Jean Dumont, marinier à Auxerre, pour 3 livres de rente annuelle (3). En 1504, c'est la veuve de Jean Colon, ou Dumont, qui tient (4) par bail à trois vies « le tennement et lieu de Champigny près les Isles », pour 60 sols tournois de rente.

Douze ans plus tard, il est fait mention, pour la dernière fois, de Champigny qui fait partie de la paroisse de Monéteau. En 1590, Jean Billard prend à bail la métairie des Dumonts, de la contenance de 26 arpents, moyennant 8 livres 1 sol tournois et 12 deniers de cens. Comme on le voit, le village de Champigny s'était déplacé, et, suivant un usage fréquent à cette époque, il avait pris le nom du premier fermier ou colon qui s'était établi dans le nouveau hameau. Il comptait, quelques années après, 9 à 10 maisons.

Dans la seconde moitié du xviie siècle, les habitants « des Dumonts, autrement Champigny », paient 85 livres 2 sols de rente et de cens à l'Hôtel-Dieu qui avait été mis en possession des biens de la léproserie, après la suppression de cet établissement.

En 1729, une reconnaissance de la rente due à l'Hôtel-Dieu par le hameau des Dumonts porte qu'elle repose sur « onze maisons, étables, granges et 26 arpents et demi de terre tenant d'un long à un grand fossé où descendent les eaux, proche la chapelle Saint-Quentin. »

Les Boisseaux. — En 1479, un chanoine de Notre-Dame de la

(1) L'abbé Lebeuf, que l'on trouve si rarement en défaut, s'est trompé en confondant ce Champigny avec Monéteau, dont il était éloigné d'environ 2 kilomètres.

(2) Arch. de l'Yonne, E. 374.

(3) Arch. de l'Hôtel-Dieu d'Auxerre, II, b. 7.

(4) Arch. de l'Yonne, G. 1941.

Cité d'Auxerre achète plusieurs pièces de terre à Monéteau, lieu dit les Boisseaux, et les donne à sa collégiale (1).

En 1495, un autre chanoine de la cathédrale, donne à bail à Nicolas Naulet, charpentier à Monéteau, une maison « couverte de tuilles » avec une concise contenant 2 denrées, située « en Boysseaulx ». Il est mentionné dans l'acte que ce bien tenait à deux autres maisons et à « la grande rue des Boisseaulx ».

La pièce de terre donnée, au xve siècle, à la collégiale de la Cité, avait pour riverain l'assesseur Marie, en 1654. Quarante ans plus tard, les propriétaires voisins sont le président Berault, d'Auxerre, et Jean Robelot, procureur.

En 1710, Nicolas Robelot, qui porte le titre de « sieur des Boisseaux » et qui remplit les fonctions d'administrateur de l'Hôpital-général d'Auxerre, fonde des services religieux dans l'église de cet établissement (2).

Vingt ans plus tard il y a, aux Boisseaux, un château avec une chapelle domestique, appartenant à messire Edme-Jean Baudesson, maire perpétuel et lieutenant général de police de la ville d'Auxerre, époux de Marie Anne Jourdan Dumesnil. Ils marièrent leur fils, Jean-Claude Baudesson, écuyer et avocat en Parlement, avec damoiselle Marie Duché, fille de Henri Duché, capitaine de bourgeoisie, et de dame Anne Robin de Bellair. La cérémonie eut lieu le 17 décembre 1731 dans la chapelle des Boisseaux et la bénédiction fut donnée par l'évêque d'Auxerre, monseigneur de Caylus (3).

Sur les registres baptismaux de la paroisse, on trouve parmi les signatures, en 1758, celle de « Beaudesson des Boisseaux ». Cette famille possédait encore le château au moment de la Révolution.

Les Chesnez. — La propriété des Chesnez a appartenu de temps immémorial au Chapitre d'Auxerre. Dans les premières années du xvie siècle, il la donna à bail à Michel le Caron, chanoine, à charge de rétablir les bâtiments et de défricher les terres. Après la mort de ce dernier, en 1530, ses héritiers, parmi lesquels était Innocent le Caron, curé du Mont-Saint-Sulpice, firent une transaction avec le Chapitre et lui rendirent la propriété.

En 1588, le 26 février, les chanoines vendent leur métairie des Chesnez à réméré, pour racheter la somme de 1756 écus dont ils

(1) Arch. de l'Yonne, E. 372 et 373.

(2) Ibidem, H. 2346.

(3) Archives de Monéteau.

avaient été imposés pour leur part des 50.000 écus octroyés au roi par le clergé de France. Cette propriété (1) consistait alors « en maison, granges, bergeries, collombier, estables, cour, concise, aisances et appartenances, en deux arpens et demy de vignes et demi arpent en désert, et 78 arpents 3 quartiers de bois taillis fossoyés et 45 arpents de terres labourables, estang ou vivier ».

Le Chapitre racheta bientôt cette propriété et la donna, à rente perpétuelle, à la famille Gerbaut et Fondriat, pour une somme annuelle de 50 livres. Au commencement du XVIIe siècle, cette famille se prétendit propriétaire de la métairie, mais elle fut déboutée à plusieurs reprises, en 1608, 1629 et 1631 (2).

En 1645, Thomas Marie, lieutenant criminel au bailliage d'Auxerre, a la jouissance de la propriété des Chesnez et il se déclare redevable envers le Chapitre de la rente foncière et perpétuelle de 50 livres, à payer le jour de Saint-André. Cinq ans plus tard, Thomas Marie porte le titre de « escuyer, seigneur des Chesnez et du Petit-Monestau (3) ».

A partir de 1685, nous trouvons la métairie entre les mains de la famille Martineau qui en prend le titre, et reconnaît devoir au Chapitre la rente perpétuelle de 50 livres.

En 1762, M. Martineau, premier avocat du bailliage, y fait construire une chapelle, et, le 28 août, le chanoine Vaultier, secrétaire de l'évêque d'Auxerre, vient aux Chesnez pour visiter cette chapelle, suivant la commission qui lui en a été donnée par l'abbé de Cicé, vicaire général.

Elle était située dans la cour de la maison, vers la demeure du jardinier, et la porte donnait au nord. Elle avait à l'intérieur onze pieds et demi de long, dix pieds et demi de large et 9 pieds de haut. L'autel était surmonté d'un rétable dont le tableau représentait saint Edme ressuscitant un enfant.

Le surlendemain de cette visite, l'abbé de Cicé vint bénir la chapelle, en présence de plusieurs chanoines, du curé de Monéteau et de plusieurs membres de la famille Martineau. Il délivra en même temps une autorisation de l'évêque d'Auxerre permettant de dire la messe dans la chapelle, tous les jours et dimanches, excepté les fêtes de Noël, Pâques, la Pentecôte, l'Assomption, la Toussaint et la fête patronale de la paroisse. Mgr de Cicé exhortait en même temps « le sieur Martineau des Chesnez, sa famille et ses domestiques, d'assister le plus souvent qu'ils pourront aux offices

(1) Arch. de l'Yonne, G. 1750.

(2) Arch. de M. Faure.

(3) *Histoire de l'hospice d'Avallon*, par Baudoin, p. 273.

de leur paroisse, son intention n'étant pas de les exempter d'un devoir aussi saint et si souvent recommandé par l'Eglise. » Il défendait également d'exercer dans cette chapelle d'autres fonctions ecclésiastiques que celles de célébrer la messe, et recommandait, avant de faire usage de cette autorisation, de la communiquer au curé de Monéteau pour lui permettre d'en prendre connaissance et même copie (1).

La famille Martineau était encore propriétaire des Chesnez quand éclata la Révolution.

III. — BIENS PARTICULIERS DU CHAPITRE

En dehors des droits seigneuriaux dont il a été question plus haut, le Chapitre possédait encore à Monéteau des biens particuliers que nous énumérons ici :

Forêt du Bar ou de Montaigu. — La propriété de cette forêt avait son origine dans le don qui fut fait, en 1161, au Chapitre par le comte d'Auxerre. Vers le milieu du XIIIe siècle, la maison des Templiers de Monéteau revendiquait le droit de pâturage pour ses bestiaux dans cette forêt qui portait le nom de Bar ou Montaigu. Le Chapitre reniait cette servitude. Pour mettre fin au différend, les parties eurent, en 1252, un accord (2) par lequel le Chapitre reconnut aux Templiers le droit d'usage et de pacage de leurs bestiaux dans la moitié de la forêt pendant cinq ans, ce privilège étant reporté, après ce laps de temps, dans l'autre partie de la forêt.

Vers la fin du XIIIe siècle, le Chapitre accrut l'étendue de sa propriété en achetant à plusieurs propriétaires différentes parcelles de bois enclavées dans la forêt du Bar.

La vente de la coupe, en 1317, produisit la somme de 375 livres 7 sols 6 deniers, soit environ 45.000 francs de notre monnaie.

En 1618, un procès-verbal porte la contenance des bois de Montaigu à 406 arpents qui sont divisés en coupes de 10 ans, à 41 arpents chacune. Sept ans plus tard, des lettres patentes permettent aux chanoines d'y faire une coupe, jusqu'à la concurrence d'une somme de 10.000 livres (50.000 francs environ d'aujourd'hui), pour être employée aux réparations urgentes de leurs églises et de leurs autres bâtiments (3).

Le produit de la coupe, en 1672, se monte à 600 livres par an,

(1) Arch. de l'Yonne, G. 1760.
(2) Voir aux *Pièces justificatives*, no I.
(3) Arch. de l'Yonne, G. 1944.

soit environ 3.000 francs. En 1749, l'étendue de la forêt n'est plus que de 219 arpents 23 perches ; elle est divisée, comme aux siècles antérieurs, en 10 triages, vendus à raison de 62 livres l'arpent de bois et 14 sols pour chaque baliveau.

En 1775, c'est le sieur Petitjean qui est garde des bois, avec des appointements de 72 livres par an. Il a pour mission de surveiller les braconniers et doit fournir chaque semaine deux pièces de gibier.

Grange de Marcilly. — La propriété de ce nom était située au nord du village, tenant à la rivière et au chemin de Gurgy. Elle consistait « en bâtiments, concises, aisances, appartenances et 60 arpents tant terres que prés ». Elle est donnée en bail perpétuel, en 1491, à Jean Jacquet, laboureur, pour la somme de 5 livres de rente annuelle (soit 150 francs de monnaie actuelle). Il est ajouté au bail d'autres terres, portant le nom de « Grange du Bois », pour une redevance de 8 sols 4 deniers (1). Le Chapitre possédait encore ces biens en 1666.

Métairie du Preslon. — Cette métairie consistait en plusieurs pièces de terre, dont une de 10 arpents et demi situés au lieu dit « Coquerille sur Macherin », une autre de 2 arpents et 4 denrées sur le finage de « pissoës », plus 49 arpents en divers endroits. Elle est prise à bail, en 1521, par Guillaume Benoît et autres cultivateurs, pour un intervalle de 20 années, moyennant 50 bichets de blé de rente annuelle.

En 1646, cette métairie comprend 70 arpents de terres labourables et 3 arpents de pré au lieu dit « Cougnot », pour une redevance de 150 livres, payables à la Saint-André.

Terre des Lapereaux. — Ce bien, de la contenance de 20 arpents en bois et buissons, était située au lieu dit « les Lapereaux », sur les confins de Monéteau, de Perrigny et d'Appoigny. Il est donné à bail perpétuel, en 1487, pour 6 livres tournois de censive et 12 deniers de rente foncière par arpent, à la charge, par le preneur, de défricher cette terre, de la mettre en culture et d'y bâtir une métairie. Le montant du bail est, au siècle suivant, de 20 bichets de blé par an. Il diminua notablement au XVIIIe siècle, car il ne se montait alors qu'à 9 bichets.

Ile de Saint-Quentin. — Le Chapitre a toujours possédé l'île de Saint-Quentin. Au commencement du XVIIe siècle, la propriété lui en fut contestée par le procureur du roi à Auxerre, lequel pré-

(1) Arch. de l'Yonne, G. 1942.

tendait qu'elle faisait partie du domaine du roi, et la mit sous séquestre. Il intervint en 1603, le 20 juin, une sentence de la maîtrise des Eaux-et-Forêts qui maintint le Chapitre dans la possession de cette île.

La surface en était évaluée, en 1782, à 6 arpents 73 perches et le bail du pré se montait à une redevance de 206 livres.

Iles de Monéteau. — Après la destruction du moulin et des pertuis de Monéteau, l'île du bief resta au Chapitre. Il loue, en 1787 « l'isle du bief de Monéteau ou était cy-devant construit un moulin et l'isle du pertuis vis à vis celle cy-dessus », à Lazare Chevillon et Anne Girault, sa femme, avec faculté de couper chaque année un pied d'arbre, soit saule, soit peuplier. Les preneurs s'engagent à payer une redevance de 9 livres et à planter tous les trois ans 50 pieds d'arbres, moitié peupliers et moitié saules.

Autres biens. — En dehors de quelques maisons sises dans le village, le Chapitre possédait encore plusieurs pièces de terre de minime importance en différents endroits, notamment aux « Archies » et aux « Hastes ». Ce dernier finage était situé au nord du pays, entre les terres de Gurgy et la grange de Marsilly, sur le bord du chemin des mariniers.

Mentionnons encore, en terminant, un canton de terre et pâture vaine, d'environ un quartier, sis près du pont de pierre, et que le chapitre donne à bail perpétuel (1716) à la communauté des habitants de Monéteau, moyennant 5 sols 3 deniers de rente non rachetable, et à la condition que les chanoines les reprendront, sans aucune formalité de justice, au cas où les habitants le vendraient ou l'amodieraient à d'autres (1).

IV. — MAISON DES TEMPLIERS.

A côté des ordres monastiques qui se répandirent, surtout au XII° siècle, dans nos contrées et parsemaient de tous côtés des colonies de moines pour défricher les terres et apprendre la culture aux populations de la campagne, on voit apparaître d'autres familles monastiques, moitié religieuses et moitié militaires, qui avaient pour but de s'associer d'une manière permanente au mouvement des croisades et de combattre les musulmans en Terre sainte. Le principal de ces ordres fut celui des Templiers.

Leur règle, tracée par saint Bernard, le grand moine bour-

(1) Arch. de l'Yonne, G. 1792.

guignon, était enthousiaste et austère. Ils devaient toujours accepter le combat, fut-ce d'un contre trois, ne jamais demander quartier et ne point donner de rançon (1).

Les Templiers possédaient, au XIIe siècle, dans la région, plusieurs commanderies. Chacune de ces maisons avait à sa tête un « précepteur » ou maître, et était composée soit de frères prêtres, soit de frères servants employés aux travaux de l'intérieur. Une des premières commanderies fondées dans l'Auxerrois fut celle de Monéteau. Elle était sous la dépendance de la commanderie du Saulce (commune d'Escolives).

Les Templiers de Monéteau firent, au XIIe siècle, plusieurs acquisitions d'héritages dans l'étendue du village. Leur maison se trouvait sur la rive droite de la rivière, à l'endroit où celle-ci fait un coude presque à angle droit et reçoit les eaux du petit ruisseau descendant du Thureau.

En 1235, ils acquièrent d'Ermangarde de Champigny (aujourd'hui les Dumonts), 21 arpents et demi de terre et 8 sous de cens avec un setier d'avoine, sis dans la plaine de l'Yonne, pour la somme de 280 livres tournois. Cette vente est approuvée par Thibault de Champigny, chanoine, Robert, clerc, et Jacoba, leur sœur.

Onze ans plus tard, ils reçoivent d'Adeline, veuve de Jean Escorchebault, le don d'un bichet de châtaignes de rente à prendre sur sa châtaignerie.

En mai 1245, une transaction reconnaît aux « frères du Temple » de Monéteau le droit de moudre leurs grains aux moulins de l'Etang, appartenant aux moines de Saint-Marien, moyennant certaines conditions (2).

L'extension de leur maison poussa les Templiers de Monéteau à empiéter sur les prérogatives du curé. Ils avaient suspendu une clochette au dessus de leur oratoire pour convoquer les paroissiens à leurs offices religieux et ils tendaient à former une seconde paroisse. On a vu plus haut comment ils furent condamnés, vers 1250, par le légat du pape.

Une des principales occupations des frères servants était d'élever du bétail. Les Templiers eurent un accord, en 1252, le 23 février, avec le Chapitre, pour régler les conditions dans lesquels ils pouvaient mettre leurs troupeaux pacager dans la forêt du Bar. Cette charte, que nous renvoyons aux *Pièces justificatives* (3), à

(1) Voir *Annuaire*, 1882. Quantin.

(2) Archives nationales, Cartul. S, 5235. — Cet étang devait se trouver dans la vallée du Sinotte.

(3) Voir no 1.

cause de sa longueur, donne des détails fort curieux sur la manière dont se pratiquait alors le droit d'usage dans les forêts.

En 1309, l'ordre des Templiers fut supprimé dans des circonstances extraordinaires et dramatiques qui ont fourni aux historiens le texte d'explications bien diverses.

Dans le procès qui fut instruit contre chacun des membres, un frère du diocèse de Sens, Jean de Branles, déclara devant le tribunal qu'il avait été reçu dans le Temple du Saulce-sur-Yonne par plusieurs frères, et en particulier par « frère Jean de Monéteau » qui l'introduisit dans la chapelle et le présenta au précepteur.

Après cette suppression, les biens de l'Ordre furent abandonnés aux *Hospitaliers*, ou chevaliers de Saint-Jean de Jérusalem. Ces moines soldats, en dehors de leurs engagements, analogues à ceux des Templiers, s'adonnaient au soin des malades et des pèlerins.

En 1426, frère Jean du Bois, commandeur de Saint-Bris et de Monéteau, amodie, à Auxerre, place de la Fanerie, l'hôtel du Chapeau-Rouge, qui était l'ancien chef-lieu de la commanderie des Hospitaliers.

En 1456, il est fait une visite générale des commanderies de France, par ordre du grand prieur, frère Nicole de Giresme. Le procès-verbal mentionne « un meix à Monéteau » appartenant à la commanderie de Saint-Bris.

Comme on le voit, la commanderie de Monéteau avait été supprimée dans le courant du XVe siècle, et elle n'était plus qu'une ferme. Le cultivateur qui la faisait valoir en 1492 portait le nom de Guyot Loiseau (1).

Le revenu se montait, en 1735, à 345 livres. En 1787, il se composait de 50 bichets de blé et de 200 livres de revenu. La maison comprenait un corps de ferme, et les dépendances étaient constituées par 75 arpents de labourage, 60 arpents de pré et 102 arpents de bois.

CHAPITRE V

PÉRIODE RÉVOLUTIONNAIRE

Après l'établissement de l'Assemblée constituante, en juin 1789, les événements se succédèrent avec rapidité. Le 4 août, elle abolit tous les droits féodaux et justices seigneuriales; le 24, elle décrète la suppression des dîmes et, le 2 novembre, elle met les biens du clergé à la disposition de la nation. Enfin, elle remplace, le

(1) Arch. de l'Yonne, E. 372.

15 janvier 1790, l'ancienne division territoriale des provinces par celle des départements, districts, cantons et municipalités.

Ce n'est pas le lieu de rapporter ici comment l'ère révolutionnaire, qui avait débuté par des réformes utiles, se termina, sous la Terreur, dans la boue et le sang. La suite des faits qui se produisirent à Monéteau pendant cette période offrant trop de décousu, nous nous bornons à les exposer ici, dans leur ordre chronologique.

24 juin 1790. — Il est présenté à l'Assemblée municipale l'état nominatif des membres de la garde nationale de Monéteau, Sommeville, les Dumonts et Jonches. Le commandant est Daubaton. Les fusiliers sont au nombre de 72.

2 février 1791. — En vertu d'un décret de l'Assemblée nationale de novembre 1790, il est fait un partage du territoire du pays en sept sections : 1° Celle de la forêt du thureau de Bar, Montaigu, les Archis et la vallée Renard. 2° Celle de Saint-Maurice-Thizouailles. 3° Celle de la Bransorais. 4° Celle du bois des Chesnées. 5° Celle des Avantures. 6° Celle des Dumonts et de la chapelle Saint-Quentin. 7° Celle des Boisseaux.

7 juillet 1791. — Dernière mise aux enchères de biens nationaux situés à Monéteau.

24 mars 1792. — Attribution par l'administration départementale de 2.000 livres à prendre sur les fonds de la charité, pour travaux à faire sur la route d'Auxerre à Seignelay, aux abords et dans le village de Monéteau.

1er mai 1792. — Le registre des délibérations (1) du conseil de la commune porte la mention suivante : « Cejourd'hui 1er mai 1792 et l'an 4e de la liberté. »

24 décembre 1792. — Etienne Séguin, meunier à Sommeville, est condamné à l'audience de police tenue par Edme Guinier, maire, Lazare Chevillon et Baptiste Houdin, officiers municipaux, à trente livres d'amende, « pour avoir manqué de respect à la justice », en refusant l'entrée de son moulin pour la vérification de ses mesures; la sentence sera imprimée, lue, publiée et affichée à ses frais, au nombre de cinquante exemplaires.

27 décembre 1792. — Le citoyen Edme Noblet, demeurant à Monéteau, déclare au greffe de la communauté qu'il tient de

(1) Le premier de ces registres va de juin 1790 au 11 messidor, an II (29 juin 1794). Plusieurs ont disparu, nous ne savons par quelle cause. Le deuxième va du 12 fructidor, an VIII (30 août 1800), au 1er vendémiaire, an XIII (23 septembre 1804). Le troisième commence au 22 pluviose, an XIII (11 février 1805), et finit au 15 mai 1831.

« Anne Léon Montmorency » un labourage de 200 livres par an, sur le finage de Gurgy. Il fait cette déclaration pour se conformer au décret ordonnant que tout fermier ne paiera plus désormais ses baux aux émigrés.

2 janvier 1793. — En vertu de la loi du 20 septembre 1792, le maire, assisté de son greffier, « se transporte chez le citoyen Joseph Albertin, curé de Monnéteau, en sa maison où est le dépôt des registres de naissances, mariages et décès », et le somme de lui livrer ces registres pour en faire inventaire et les transporter dans la maison commune. (Ces registres vont, sauf quelques lacunes, de 1610 à 1792). Le maire donne décharge au curé, et, ajoute le procès-verbal, « nous l'avons remercié de son exactitude que nous avons remarquée dans la tenue des registres de son temps. »

14 janvier 1793. — Première mention, qui doit se continuer, sur le registre des délibérations du conseil communal : « L'an deuxième de la République française. »

Même date. — Constitution du budget municipal qui se décompose ainsi :

Appointements du secrétaire greffier...	40	livres
Fournitures de la mairie..............	18	—
Traitement du maître d'école..........	250	—
Dépenses par le corps de garde........	35	— 20 deniers.
Traitement du garde champêtre.......	200	—
Total........	548	livres 20 deniers.

5 février 1793. — Le citoyen procureur de la commune dépose sur le bureau une consultation, signée B. Paradis, relative à différentes pièces de pâturages « dont la commune était anciennement en possession et dont le ci-devant Chapitre d'Auxerre, seigneur de Monéteau, s'était emparé à différentes époques. Le procureur de la commune entendu, le conseil général de la commune considérant qu'au terme de l'article 8 du decrest du 28 aoust dernier, les communes qui justifieront avoir anciennement possédé des biens ou droits d'usages quelconques dont elles auront été dépouillées en totalité ou partie par les ci-devant seigneurs, pourront se faire réintégrer dans les possessions des dits biens.... arrête que la municipalité demeure autorisée à présenter requête aux citoyens corps administratif pour être réintégrée dans la jouissance et possession des cinq pièces d'héritages sus-nommées.... ». Du nombre de ces cinq pièces étaient « l'ile du perthuis » dans l'enceinte du bourg, ayant une étendue d'environ un arpent.

12 février 1793. — « Le conseil général de la commune étant

assemblé en la chambre commune dudit lieu, le procureur de la commune a dit : Citoyens, la commune de Monéteau est propriétaire en des endroits de son territoire de pâtis ou communaux très importants pour la nourriture de ses bestiaux. Sous l'ancien régime la négligence de ses sindics et les esprits d'insoussiance qui régnait partout a infiniment préjudicié aux droits de la commune, tous les propriétaires ou fermiers dont les terres aboutissent sur ces parts ont profité ou plutôt abusé de la sincérité de la commune, l'intérêt personnelle veillait tandis que l'intérêt général dormait. Il a été fait de toutes parts sur ces terrains des anticipations qui en ont de beaucoup diminué la continence, sur la plupart les limites de l'ancienne possession sont reconnaissables, il est de votre devoir de faire restituer ces terrains à ceux qui sen sont indirectement emparés. Je crois cependant que l'anticipation étant du fait de nos concitoyens nous devons employer dabord les formes fraternelles et que nous ne devons faire usage de la rigueur du droit que dans le cas ou il se refuserait a rendre justice convenablement à la commune. Pourquoi je vous propose d'en délibérer..... »

Le Conseil arrête qu'il va prendre les renseignements nécessaires pour connaître ceux qui ont fait des anticipations et les fera inviter le jour même à se rendre à la maison commune pour reconnaître ces faits et arriver, s'il est possible, à une conciliation.

26 janvier 1793. — Première mention de la date révolutionnaire : « Cejourd'hui septidi septième jour de pluviose l'an second de la République française une et indivisible.... De par la Nation et la Loi. » L'adjudication de la perception des contributions est commencée. Elle n'a lieu que le 30 nivose. La contribution foncière se monte à 7.407 livres 18 sols, et la mobilière à 761 livres 1 sol. Les charges locales sont de 864 livres 6 deniers.

15 février 1793. — « Cejourd'hui vingt-sept pluviose et an second de la République.... Nous Conseil général de la commune convoqués où étaient présents les citoyens Edme Guinier, maire, Jean Perru, officier municipal, Pierre Calendre, notable, Lazare Lemou, Jean Perrin, officiers municipaux et J.-B. Oudin, agent national.

« L'agent national près le districte d'Auxerre est entré et a dit quétant en promenade civique conformément à l'art. 4 de la section 2 de la loi révolutionnaire du 14 frimaire, il demandait acte de sa présence dans notre commune. Ce qui lui a été accordé.

« A demandé ensuite si les terres des deffenseurs de la Patrie ont été cultivées. Répondu qu'il n'en est aucune de connaissances incultes.

« S'il faudra beaucoup de semence pour les mars prochain. On enverra quand la note sera faite.

« Si les pommes de terre se cultivent. Oui. Mais quelques quintaux seroient necessaires pour étendre la culture.

« Si l'instruction sur le salpêtre a été reçu, lu et publié. Oui et attendu la remise faite sur le bureau de deux exemplaires, elle sera denouveau relue et publié.

« A quel époque le Comité de surveillance a-t-il été formé. Le vingt sept brumaire. Est-il épuré suivant la loi révolutionnaire. Non, mais il le sera incessamment.

« Les roles de secours aux deffenseurs de la Patrie sont-ils déposés au chef-lieu de canton — oui, mais les secours ne sont pas encore repartis.

« Les comptes de fabrique sont-ils rendus. — Non, mais ils seront dressés incessamment.

« Largent le cuivre et letain servant au culte ont-ils été envoyés au district. — Non, mais ils le seront incessamment.

« Fait en présence de l'agent national qui a signé et des citoyens qui étaient présens.... »

10 février 1793. — Le 1er jour de ventose, le maire et les officiers municipaux, sur la réquisition de l'agent national et vu l'arrêté du 3 frimaire dernier, se rendent à l'église et enlèvent tous les objets en argent, en cuivre et en étain servant au culte; à savoir: un soleil, un ciboire, un calice et une patène, un plat, une custode et une coquille, le tout en argent, et pesant 3 livres 10 onces; deux lampes, deux bénitiers, onze chandeliers, une croix, un encensoir et une navette, le tout en cuivre, du poids de 76 livres 8 onces; neuf chandeliers d'étain pesant ensemble 16 livres 8 onces. Le procès-verbal de cette opération est fait et arrêté au *temple de la raison*.

L'église ne sert plus désormais qu'à la promulgation des lois.

2 mars 1793. — Le Conseil municipal et le comité des subsistances étant réunis à la maison commune, il est donné lecture d'une lettre provenant du district d'Auxerre et enjoignant à la commune de Monéteau de participer à la contribution de onze quintaux de blé, comme complément de celle de dix-huit qui a été imposée sur la commune de Saint-Georges. Les officiers municipaux nomment douze commissaires « à l'effet de faire des perquisitions domiciliaires pour faire la levée du bled autant que faire se pourra, tant pour la commune de Saint-Georges que pour les citoyens de la commune de Monéteau qui sont dans la plus grande necessité et manquant de pain..... »

3 mars. — Les conseillers et les douze commissaires, après avoir

fait la visite domiciliaire et le recensement des grains, prennent la délibération suivante : « ..... Vu la grande misère et le défaut de subsistances au moins de la moitié de la commune ou des citoyens qui la composent lesquels sont réduits sans pain. Nous avons requis du bled chez différents citoyens qui en avaient le plus, quoique les privant de leurs provisions, ce qui donnera un défaut à la culture. Et en outre il a été levé chez les citoyens le bled pour le contingent de la commune de Saint-George, ce qui a donné beaucoup de peine aux officiers municipaux avec le désagrément de voir des citoyens dans la peine en leur enlevant jusqu'à leur nécessaire..... Vu le désagrément de quarante cinq à cinquante pères de famille qui achetent le bled journellement, lesquels chargés d'enfans et manquant de pain, nous avons requis du bled et enlevé sur le champ et conduit à la maison commune pour être distribué aux plus necessiteux. Le restant du bled, après la livraison du contingent de la commune de Saint-George, ledit bled restant sera déposé chez le citoyen Edme Guinier, maire de ladite commune, lequel bled sera livré deux fois par décade, le cinquième jour et le dizième, lequel sera délivré en présence de deux membres du comité et d'un officier municipal jusqu'à la fin de ladite consommation. Il sera tenu en outre registre de la livraison dudit bled. La charge de distribuer ledit bled est restée au citoyen Lazare Chevillon, lequel tiendra ledit registre et rendra compte de la régie, à savoir dix livres par personne chaque décade, lequel sera exécuté avec le plus grand soin. »

6 mars. — Le 16 ventose, le citoyen Germain, nommé agent par le district d'Auxerre, se présente « à l'effet dexercer le droit de *prension* sur les selles, brides et bridons et autres objets propres et utiles à la cavalerie, dans les cantons de Saint-Georges et de Toucy. »

10 mars. — Sur une demande de renseignements faite le 20 ventose, il est répondu que l'on ne compte à Monéteau que quatre charrues à deux chevaux, labourant 30 arpents de blé et menus grains par an. Un quart des habitants ne labourent pas. Les autres labourent soit avec deux bœufs soit avec trois ou quatre vaches, depuis deux arpents jusqu'à huit. Le nombre des feux est de 70.

Même date. — Une délibération du Conseil municipal rapporte que les commissaires, chargés de la réquisition du blé, en avaient trouvé 60 bichets, sur lesquels 18 furent fournis à la commune de Saint-Georges comme quote-part à la contribution. On le livra au prix de 8 livres 8 sols le bichet. Il est dit que ceux qui avaient du blé, ne voulaient pas s'en dessaisir, « représentant qu'ils ne voulaient pas donner leur bled à moins de dix livres attendu que lorsque ils seront obligés de l'acheter ils pourront le payer douze livres. » Il fut décidé que le blé serait payé provisoirement au prix de 9 livres le bichet de froment et 7 livres 4 sols le bichet de méteil, et qu'il serait revendu aux plus nécessiteux pour 10 livres le bichet de froment et 7 livres 4 sols le méteil. La différence devait servir à payer les frais de la réquisition.

Même date. — Le Conseil municipal constate que la commune n'a aucun revenu et que les charges locales doivent être portées au rôle des contributions. Il espère rentrer dans quelques biens communaux « qui existent encore dans les mains de la nation. »

11 mars. — Le 18 ventose « le citoyen Joseph Albertin, naguère curé de Monéteau, y demeurant, » demande un certificat de civisme. Les commissaires déclarent qu'il a subi les trois jours d'affiche prescrits, et qu'ils connaissent son civisme ainsi que le don de sa contribution patriotique et son paiement régulier des impositions; considérant que « ledit citoyen n'a jamais été dans la liste des émigrés et qu'il a toujours demeuré dans cette dite commune de Monéteau depuis 1775 le premier octobre jusqu'à ce jour et qu'il s'est toujours conduit en bon citoyen tant dans ses prônes que dans ses conversations particulières où il a toujours exhorté ses concitoyens à obéir aux lois et de se soumettre aux autorités constituées » ; le conseil décide de lui délivrer un certificat de civisme, conformément aux lois des 30 janvier, 5 février et 19 juin de l'année précédente.

« A l'instant, ajoute le procès-verbal, ledit citoyen Joseph Albertin nous a déclaré qu'il renonçait à toute fonction publique du culte. » Il était âgé alors de 78 ans. Sa lettre *d'exeat* témoigne qu'il était originaire du diocèse d'Evreux.

20 mars. — Le 30 ventose il est adjugé à Jean Giraut une somme de 130 livres pour « remonter tous les jours l'horloge de la commune, pour sonner la cloche la veille et le jour du decadi et quand il en sera requis par le conseil, et aussi pour aller chercher les morts et les mettre dans leur coffre. » Les morts seront conduits à la charge des parents et l'adjudicataire « sera chargé de les accompagner et de les déposer au lieu du repos sans aucune rétribution. »

24 mars. — Le 4 germinal, réquisition des « toiles, treillis et fils propres à la confection de toile à sac et cuivre rouge jaune et gris en pain, en planche et en feuille et mitraille.

30 avril. — Le 10 floréal, imposition d'une voiture et deux chevaux.

Autre imposition de 20 quintaux de foin, 10 quintaux de paille, et 24 boisseaux d'avoine.

Réquisition de 33 cochons, âgés de 3 à 8 mois, formant la quote-part de la commune « sur la huitième partie des cochons existant dans la République. »

Autre réquisition « de vieux linges, chiffons, vieux drapeaux, pattes et rognures de parchemin. » Chaque habitant doit en fournir une livre, et la quantité se monte à 167 livres.

Autre réquisition « des vieux tonneaux, vieilles barriques, futailles à bière, tonnes à huile, à cidre dont les propriétaires ne seront pas censés devoir faire usage pour des exploitations, vignobles, fruits à cidre, ou des fabriques d'huile ou de manufactures, ainsi que des bois merrains propres au barillage. » Les conseillers trouvent en tout 8 vieilles futailles qui sont estimées par un tonnelier.

Il est fait encore, le 6 messidor, une réquisition de « tous les sabres de 30 pouces de lame et au-dessus, par le représentant du peuple pour l'armée du Nord, chargé de l'organisation de la cavalerie. » On n'en trouve qu'un de cette dimension appartenant au citoyen Georges Toulot.

30 mars. — Le 10 germinal, une justice de paix est constituée à Monéteau. Le juge nommé par l'administration du district, Bachelet père, était auparavant procureur et avoué.

Même jour. — Le conseil se réclame au district « pour obtenir des subsistances dans le plus bref délai possible », et déclare que la commune attend de lui « les secours les plus urgents. » La famine s'annonçait menaçante.

Même jour. — Déclaration que « aucun citoyen de la commune n'est dans la classe de l'emprunt forcé, à la réserve du citoyen Baudesson qui n'a pas satisfait à la déclaration de ses revenus. »

3 avril. — La municipalité reçoit de l'administration du district l'ordre « de leur faire parvenir sans perte de temps les effets employés au cidevant culte. »

29 mai. — Le 10 prairial, le Conseil nomme pour instituteur « le citoyen Roch Chatre » qui exerçait cette fonction depuis le 15 août 1791.

20 septembre. — Huit jeunes gens du pays sont « aux armées du Nord et de la Moselle. »

1er octobre. — Le citoyen Edme Le Chien, délégué du représentant du peuple dans le département pour le canton de Saint-Georges, se présente à Monéteau pour faire exécuter la loi concernant la levée en masse des jeunes gens de 18 à 25 ans et se faire fournir la subsistance nécessaire pour nourrir ces jeunes gens pendant au moins deux mois. Il requiert toutes les armes qui sont dans la commune, lesquelles seront estimées par un expert et payées sur un mandat délivré par lui. Il invite la municipalité à veiller si, dans la commune, il y a « des malveillants ou gens suspects » et de l'en informer afin « qu'il puisse mettre l'ordre et la tranquillité, conformément aux pouvoirs que lui a donnés le représentant du peuple. »

16 mars 1797. — L'administration du district ne considérait pas comme valable la vente de la maison seigneuriale du Petit-Monéteau, faite par le marquis de Seignelay à J.-B. Oudin, car elle l'avait mise en vente le 22 août 1792. Une société anonyme de Paris qui l'avait achetée pour la somme de 28,000 livres, la revend, en 1797, à M. Oudin.

24 juillet 1798. — Le 5 thermidor, an VI, par arrêté de l'administration du district de Saint-Georges, des visites domiciliaires sont ordonnées à Monéteau chez « Beaudesson des Boisseaux, ex-noble, De Sommeville cy-devant Housset, La Brûlerie, ex-garde du tiran, Claude Bureaud et Claude Potherat. » Un poste est établi sur la route d'Auxerre à Brienon « pour surveiller les voyageurs suspects. »

8 février 1801. — Le montant des dépenses de la commune s'élève à 776 livres. Sur cette somme, 250 livres sont destinées aux réparations « du temple servant pour la publication des lois. »

31 mars 1801. — Le 10 germinal, an IX, est formée la liste des citoyens ayant le droit de voter. Elle donne 71 noms.

5 avril. — « Le citoyen Edme Michotte, prêtre, âgé de 68 ans », se présente au pays, sur l'invitation de la majeure partie des habitants ; il déclare « professer et être ministre du culte catholique dans la commune de Monéteau et, en outre, être fidèle à la Constitution et aux atentions du gouvernement. »

9 juin. — Le 10 prairial, le maire, en vertu d'un arrêté du conseil de préfecture, relatif aux réparations à faire « aux églises ou édifices consacrés à l'exercice du culte », se rend à l'église avec Jacques Desfourneaux, maître-maçon. Ils constatent que l'édifice et le toit sont « en très mauvais état », et font un devis de 620 livres pour les réparations nécessaires.

16 juin. — Arrêté du préfet constatant « qu'il pleut de tous côtés dans l'église, ce qui fait un tort considérable aux murs, à la voûte et à la charpente » ; il ordonne que « les sectaires des différents cultes qui s'exercent dans le temple de la commune de Monéteau » sont tenus de faire incessamment les réparations énoncées au devis ; que le maire publiera l'arrêté et le devis le décadi prochain, et le fera afficher à la porte du temple ; que dans le cas de retard dans la confection des réparations, le maire instruira la préfecture qui fera procéder alors à la fermeture du temple.

31 décembre. — Le 10 nivose, an X, l'inondation, produite par le dégel, enlève et détruit le pont du Tacot, sur le ruisseau de Beaulche.

8 août 1802. — Le 20 thermidor, an X, en réponse à une lettre du préfet s'informant de l'état du passage par les bacs et bateaux sur la rivière d'Yonne, le conseil constate que chaque habitant a l'habitude de se faire passer par ceux qui s'en chargent à Monéteau et aux Dumonts, pour cultiver ses vignes des deux côtés de la rivière, et il arrête que le passage demeurera libre, comme il l'a été jusque là.

15 avril 1803. — Le 27 germinal an 11, le Conseil se réunit pour délibérer, en conformité des décrets concernant l'organisation du culte. Le maire constate que les autels et les vitraux de l'église sont fort endommagés, que l'église est dépouillée de tous les objets du culte et demande de grosses réparations. De plus, le presbytère a été vendu par le département, pour le compte de la nation, au citoyen Faultrier, greffier en chef de la mairie d'Auxerre, qui l'a loué à Jean-Baptiste Petitjean, propriétaire à Monéteau, pour une rente annuelle de 22 bichets de froment et 2 poulets, au principal de 446 bichets. Comme cette maison est la seule qui convienne pour un presbytère, Jean-Baptiste Petitjean consent à la céder pour la rente qu'il en fournit à Faultrier. Le maire propose d'imposer la commune d'une somme de 4,000 livres, au marc la livre sur les contributions, pendant deux ans, pour faire les réparations urgentes à l'église et au presbytère.

11 juin. — M. Ducrot, curé de Monéteau, commence à cette date les actes de baptême, mariage et sépulture.

16 juillet. — Le 27 messidor, le Conseil vote les dépenses nécessaires pour acheter le mobilier indispensable au culte, dont l'évaluation se monte à 1,511 livres. Comme la commune n'a pas de revenus et que les frais du culte étaient payés jadis sur le dixième, le Conseil décide qu'on paiera sur les contributions la somme de 600 francs comme traitement annuel du curé, et qu'une somme de 1,511 francs sera consacrée aux réparations de l'église et du presbytère et à l'achat des objets indispensables au culte.

22 décembre 1805. — Le premier nivôse, an XIV, est la dernière date inscrite en style révolutionnaire sur les registres des délibérations du Conseil municipal.

CHAPITRE VI

PÉRIODE MODERNE

Depuis la fin de l'ère révolutionnaire, ils s'est passé à Monéteau divers événements que leur portée générale met au-dessus de toute discussion et qui rentrent dès maintenant dans le domaine de l'histoire ; le lecteur nous saura gré de les rapporter ici.

Passage de la rivière. — On sait l'importance qu'avait pour le pays le passage de la rivière. En 1823, le préfet, voulant se renseigner sur ce sujet, écrivait, le 8 octobre, au maire de Monéteau, lui demandant s'il existait un bateau dans la commune pour le passage de l'Yonne et s'il était affermé au profit de la commune ; il enjoignait, dans l'affirmative, de lui adresser sur papier libre une copie de l'adjudication qui en avait été faite ainsi que du cahier des charges; dans la négative, de lui faire connaître le nom du détenteur du bateau, s'il en était propriétaire, et le produit présumé des droits de passage. Le préfet terminait en s'informant si le passage de Monéteau était bien fréquenté, quel était le principal objet du service et le détail des redevances perçues par le passeur.

Le maire rédigea, quinze jours après, la réponse suivante : « Monsieur le Préfet, il y a quatre ou cinq ans, j'ai proposé au Conseil municipal de mettre en adjudication le passage de la rivière ; il existait alors deux passeurs et la majorité des membres de ce conseil a rejeté ma proposition sur le motif qu'il était avantageux pour les habitants de maintenir la concurrence qui existait entre les bateliers qui veillant, l'un et l'autre l'arrivée des passagers, ne les faisaient point attendre l'arrivée du bateau.

« Quoique j'aye observé à cette majorité que l'intérêt de la commune était celui qui devait le plus particulièrement l'occuper, elle n'en a pas moins persisté dans sa résolution de ne pas louer.

« Le passeur actuel se nomme Joussot Etienne, il est propriétaire du bateau. Je présume que le passage peut lui produire actuellement quatre cents francs, mais il faut qu'une personne en soit continuellement occupée ; la commune pourrait le louer de 60 à 80 francs. Il est très fréquenté par les habitants de Monéteau. Il passe aussi de temps en temps des étrangers ; mais la principale occupation du passeur est le passage des particuliers de cette commune et celui des ânes des meuniers de Sommeville qui viennent chercher le bled du côté droit de la rivière.

« Tous les habitants du côté droit sont abonnés ainsi que les meuniers et il perçoit, pour ses droits de ceux qui ne le sont pas ainsi que des étrangers, cinq centimes par personne.

« J'ai l'honneur, etc..... Le maire, Oudin. »

Une note, fort curieuse, placée en tête de cette lettre (1), porte la mention suivante, écrite de la main du maire : « Le Gouvernement voulant s'emparer du passage, j'ai retiré cette lettre que j'avais déjà remise à M. Lécuyer (secrétaire général de la préfecture), pour donner d'autres renseignements, s'il m'en est demandé. »

Barrages. — A l'époque où s'échangeait cette correspondance entre le préfet et le maire de Monéteau, la rivière d'Yonne était sous la direction de l'administration des Ponts et Chaussées.

Le décret du 13 mars 1790, en supprimant tous les droits féodaux, avait compris dans ce nombre les droits de passage, péage, hallage, barrages et autres, perçus sur les rivières. Mais comme il fallait conserver aux moulins établis sur l'Yonne l'eau qui les alimentait, il fut dressé, en 1791, un tarif général des droits à payer pour le débouchage des pertuis depuis Armes jusqu'à Montereau.

Pendant plusieurs années et jusqu'au Consulat, l'entretien de la rivière par l'Etat fut négligé, faute de fonds. Ce n'est qu'en l'an XI (1802) que le gouvernement des consuls entreprit de créer des ressources pour arriver à améliorer les rivières. Un octroi de navigation fut créé par arrêté du 8 prairial, an XI.

L'ingénieur en chef, Robillard, étudia le premier sérieusement cette question et proposa d'utiliser le lit de l'Yonne en y créant des barrages mobiles avec dérivations. Son exemple fut suivi par son successeur, M. Boucher de la Rupelle. D'autre part le savant ingénieur ordinaire, Chanoine, étudiait le même sujet, et publiait, en 1837, un rapport où, différant de vues avec M. de la Rupelle, il proposait l'établissement de 35 barrages mobiles pour retenir les eaux, afin de les lâcher de temps en temps, et de plusieurs dérivations pour assurer le service de la navigation.

Une enquête sur ce projet ayant été ouverte au mois de novembre 1836 à la Préfecture, le Conseil municipal se réunit pour délibérer sur cette question qui intéressait hautement le pays. Dans le procès-verbal de cette réunion qui fut envoyé immédiatement à Auxerre, les conseillers s'élevaient de toute leur force contre le projet d'établir, sur le territoire de la commune, un canal qui prenait sur la rive gauche de la rivière, au-dessous des Dumonts,

(1) Archives de Monéteau.

VUE PANORAMIQUE DE MONÉTEAU

et allait la rejoindre sur le finage d'Appoigny, au lieu dit les Vernes-l'Oignon. Ils faisaient valoir l'inutilité de ce canal pour la navigation et les dommages considérables qu'il apporterait à la commune déjà divisée en deux parties par la rivière. Les raisons alléguées par cette protestation furent sans doute jugées bonnes, car le projet du canal fut abandonné (1).

Le port de Monéteau avait alors une grande importance, car un arrêté du préfet, du 10 janvier 1838, organisa la compagnie des chargeurs des ports de Monéteau et des Dumonts dont le nombre fut fixé à 12 (2). Il fut même porté à 14, deux ans plus tard, et Louis Toullot fut nommé chef des ouvriers chargeurs, en remplacement de Joussot.

Cependant, l'idée de canaliser la rivière d'Yonne faisait des progrès. Le 19 juillet 1837, la Chambre des députés votait un premier crédit de 15,000,000 de francs. Un nouvel avant-projet comprenait encore la création d'un canal de 1,500 mètres coupant la courbe de Monéteau, sur la rive gauche, et la construction de plusieurs barrages sur le territoire de la commune. Le Conseil municipal se réunit à nouveau, le 6 mai 1838, et sur la proposition du maire, Guinier, il protesta vivement contre l'établissement du canal et demanda que la hauteur des barrages fut calculée de manière à ne pas amener la submersion des terres (3).

Les réclamations du Conseil contre l'établissement du canal furent entendues ; mais, après 1840, plusieurs barrages ayant été construits sur l'Yonne et des expériences ayant démontré leur utilité, la commission chargée de ces expériences demanda la construction de six autres barrages. De ce nombre était celui de Monéteau. (4).

De 1856 à 1873, M. Cambuzat, ingénieur des Ponts et Chaussées, fit de l'amélioration de l'Yonne l'objet de ses préoccupatious incessantes. Une partie de son projet fut approuvée le 11 juillet 1868 par un décret qui allouait la somme de 5,000,000 pour perfectionner la navigation de l'Yonne, d'Auxerre à Laroche. Les principaux ouvrages à construire consistaient en huit barrages mobiles, dont sept à écluses.

Quand les travaux furent terminés en 1874, on obtint ce magnifique résultat que, au lieu d'éclusées intermittentes formées par

(1) Voir aux *Pièces justificatives*, n° IX.

(2) Voir ce réglement aux *Pièces justificatives*, n° X.

(3) Voir, pour plus de détails : Notice de M. Cambuzat, *Annales des Ponts et Chaussées*, 1873.

(4) Quantin. *Hist. de la rivière d'Yonne*.

des retenues d'eau lâchées ordinairement deux fois par semaine, on jouit de la navigation continue d'Auxerre à Montereau, avec un fond d'eau minimum de 1 mètre 60 centimètres (1).

L'Yonne comprend aujourd'hui trois barrages sur le territoire de Monéteau : celui des *Dumonts*, celui des *Boisseaux* et celui de *Monéteau*. Ils ont coûté chacun, en moyenne, 317,000 francs. Les deux premiers ont une chute de 1m 85, et, le dernier, de 1m 84. Chaque écluse se compose d'un sas, pouvant donner passage aux plus grands bateaux, d'une passe fermée par des hausses mobiles et d'un déversoir surmonté de fermettes et d'aiguilles sans hausses.

Pont suspendu. — Une conséquence nécessaire de la canalisation de l'Yonne était de supprimer les deux gués, celui de l'Epine et celui de Thizouailles, qui facilitaient beaucoup les communications entre les deux parties du pays. Dès qu'il fut question d'établir une écluse en aval de Monéteau, les habitants comprirent que ce barrage allait relever le niveau de la rivière d'une manière permanente et créer de nouvelles difficultés pour le passage de l'Yonne. Une souscription fut établie pour aider à la construction d'un pont, et elle atteint aussitôt le chiffre de 11.000 francs ; puis, le 10 mai 1840, le Conseil municipal demanda officiellement l'établissement d'un pont à Monéteau, en faisant ressortir tous les inconvénients que le nouvel état de choses allait apporter à la commune (2).

L'administration croyant ne pas devoir accéder à ce désir, le Conseil municipal prend une nouvelle délibération, en 1843, pour obtenir la construction d'un pont. Les Conseillers reviennent à la charge en 1850, en faisant observer que les communes de Bassou et d'Appoigny ont obtenu la construction d'un pont suspendu sur leur territoire, avec le concours du gouvernement, bien que la nécessité en fût moins grande qu'à Monéteau où il serait utile non seulement au pays mais encore à plusieurs bourgs et villages des environs (3).

Enfin (4), un décret du 4 novembre 1851 déclarait d'utilité publique la construction d'un pont suspendu à Monéteau et pourvoyait aux frais pour une subvention de 20,000 francs, par le vote d'une somme de 5,000 francs prélevée sur les contributions de la commune par 23 centimes additionnels, enfin par le droit

(1) Voir aux *Pièces justificatives*, no XI.
(2) Ibidem, no XII.
(3) Ibidem, no XIII.
(4) Ibidem, nos XIV et XV.

de péage accordé au concessionnaire pour un temps à déterminer. Le montant des dépenses de la commune, pour l'achat des terrains et autres choses nécessaires à la construction du pont, s'éleva à la somme de 11,500 francs.

Les travaux furent terminés au commencement de juin 1853, et le 22 du même mois, l'épreuve du pont eut lieu en présence des ingénieurs des Ponts et Chaussées. Le pont avait une longueur de 75 mètres sur une largeur de 4 mètres 20. Il fut chargé vers midi d'une couche de sable dont la charge était évaluée à 222 kilogrammes par mètre carré, soit un poids de 70,000 kilog. pour le tout. La pluie qui survint dans la soirée et une partie de la nuit augmenta encore la pesanteur, et malgré ce surcroît, aucun des assemblages du pont n'en souffrit. On enleva le sable le lendemain vers midi, et le pont fut livré à la circulation.

Le péage, qui devait être perçu pour le passage du pont, fut concédé pour vingt ans ; il rapportait annuellement de 900 à 1,000 francs, déduction faite de toutes les charges. Au bout de 10 années, en 1862, le Conseil, s'appuyant sur des considérations d'utilité publique, résolut de le racheter pour les années qui restaient à courir.

Chemin de fer. — L'établissement de la ligne de Paris à Lyon démontra bien vite aux populations de l'Yonne les avantages procurés par les chemins de fer. Lorsqu'il fut question de construire une voie ferrée de Laroche à Nevers, le Conseil municipal, voulant s'associer autant que possible à la réalisation de ce projet, arrêta, dans sa réunion du 23 décembre 1853, qu'un sixième du prix d'achat des terrains qui seraient traversés par le chemin de fer, tomberait à la charge de la commune et que cette contribution serait payée à la compagnie concessionnaire dans l'espace de cinq années, à partir du jour où celle-ci prendrait possession des terres marquées dans le tracé.

Un mois plus tard, le Conseil adressait au préfet une demande pour qu'il fût établi une gare à Monéteau. A l'appui de sa requête, il faisait valoir que cette station serait aussi utile à la Compagnie du chemin de fer qu'à la commune, car elle détournerait à son profit le commerce important de vins et autres marchandises qui se faisait aux deux ports de Monéteau. C'est ce qui arriva, en effet, lorsque la gare de Monéteau fut ouverte le 18 août 1855, lors de l'inauguration de tout le réseau.

Eglise. — Des réparations importantes ont été faites dans l'église à plusieurs époques, dans le courant de ce siècle.

Une première fois, en 1825, on fit à la toiture et aux piliers des travaux dont le devis se montait à 2,800 francs.

Un peu plus tard, en 1847, on reconnut la nécessité de consolider la toiture du chœur et de réparer la nef méridionale. La charpente de cette nef formait à l'intrados une voûte difforme dont la solidité avait été gravement compromise par la suppression de tous les entrais. De plus, cette partie de l'édifice était sombre à cause du manque d'ouvertures. On résolut donc d'établir dans ce bas-côté un plafond semblable à celui de la nef septentrionale, et d'ouvrir une fenêtre dans la chapelle de la Sainte-Vierge, en même temps qu'on agrandirait celle de la travée voisine. L'ensemble des travaux occasionna une dépense de 2,309 francs.

A cette époque, le corps de l'église comprenait deux parties bien distinctes. Le chœur, d'architecture ogivale, était bien conservé. La grande nef, au contraire, offrait un aspect misérable. La voûte, formée par un planchéiage en voliges clouées sur les chevrons-fermes du comble, menaçait ruine. Les murs latéraux étaient percés, pour donner accès dans les bas-côtés, de chacun deux grandes baies en plein-cintre à pieds-droits peu élevés.

Des réparations étant devenues urgentes à la voûte, en 1864, on résolut de la reconstruire dans le style de celle du chœur. Pour arriver à ce résultat, il eût fallu établir trois travées ; mais dans ce cas, il devenait nécessaire, à cause des deux arcades préexistantes, d'abattre les murs, ce qui eût entraîné des dépenses trop considérables.

L'architecte, M. Labrune, d'Auxerre, se conforma dans son plan à la disposition des murailles et n'établit que deux travées ; les voûtes, en briques et en ciment, furent élevées presque à la hauteur de celles du chœur, et de façon que l'arc-doubleau séparant les deux travées retombât au milieu des deux pieds-droits des arcades latérales de la nef, sur un faisceau de colonnes. Les quatre angles de chacune des travées reçurent les retombées des arcs-ogives sur une colonnette ronde dont les assises furent liées par de profonds arrachements avec la muraille. Les nervures étaient en pierre de Courson.

A ces différents travaux on ajouta le dallage d'une partie de l'église. La commune y contribua pour la somme de 2,584 francs ; le département, pour 1,300 francs; la Fabrique, pour 1,651 francs; enfin des souscriptions particulières pour 1,234 francs.

Une dernière œuvre de réparation à mentionner concerne le bas-côté méridional dont le plancher fut supprimé en 1878, pour faire place à une voûte en ogive bâtarde ; les arcs, les nervures et les formerets furent construits en briques moulurées avec du plâtre imitant la pierre, et retombant sur des consoles. Cette nef fut divisée en trois travées, dont la première, constituant la chapelle de la Sainte-Vierge, correspond au chœur, et les deux autres, à celles de la grande nef. La dépense se monta à la somme de 1,800 francs.

La nef septentrionale est un peu moins longue ; elle comprend les deux travées, accolées à la grande nef, et la moitié de la troisième travée qui forme une petite chapelle. L'autre moitié, parallèle au chœur, est occupée par le clocher.

Les dimensions actuelles de l'église sont : en longueur dans œuvre, de 26m80 ; en largeur, aux nefs, de 17 mètres, et au chœur, de 6 mètres ; en hauteur, aux clefs de voûte, de 12 mètres.

Parmi les dons faits à l'église de Monéteau dans le courant de ce siècle, mentionnons les suivants :

M. Edme Hay, ancien député de l'Yonne, laisse à l'église, par un testament olographe, daté aux Boisseaux du 28 juillet 1846, une somme de 500 francs, pour acheter un objet en argent massif le plus utile au service divin. Après la mort de M. Hay, survenue le 23 octobre 1847, cette donation fut consacrée à l'acquisition d'une chapelle en argent.

Le 18 mai 1855, Me Milliaux, notaire à Auxerre, reçoit un testament de M. Edme Guinier, propriétaire à Monéteau, par lequel ce dernier donnait à l'église une rente annuelle de 300 francs, au capital de 6,000 francs, à la condition de faire célébrer chaque année quatre services à l'intention des membres de sa famille. La Fabrique est aujourd'hui en possession de cette rente et elle en remplit fidèlement les conditions.

Vers 1860, les trois vitraux du fond du sanctuaire, qui dataient du XVIe siècle, étant en très mauvais état, on les enleva et ils furent remplacés, dans les deux baies latérales, par de la grisaille, et, dans celle du milieu, par un vitrail que donna la famille Denormandie. Ce vitrail, sorti des ateliers des frères Vessières, anciens verriers à Seignelay, est divisé en trois parties, et les personnages sont dans le style du XIIe siècle. Dans l'encadrement du bas, le Christ est représenté, prosterné, au moment de son agonie au jardin des oliviers ; dans celui du milieu, le Christ est en croix, accompagné, de chaque côté, de sa mère et de saint Jean ; enfin, au sommet est le Père éternel, en buste, la main levée pour bénir.

Nous ignorons qui a donné et depuis quand l'église possède un banc fort remarquable, avec dais. Ce meuble appartenait jadis à la confrérie de Saint-Nicolas des mariniers d'Auxerre, qui le fit construire en 1672, quatre ans avant son érection dans l'église de

Saint-Loup (1). C'est dans cet édifice qu'il dut être installé pour servir de banc d'œuvre, jusqu'à la Révolution.

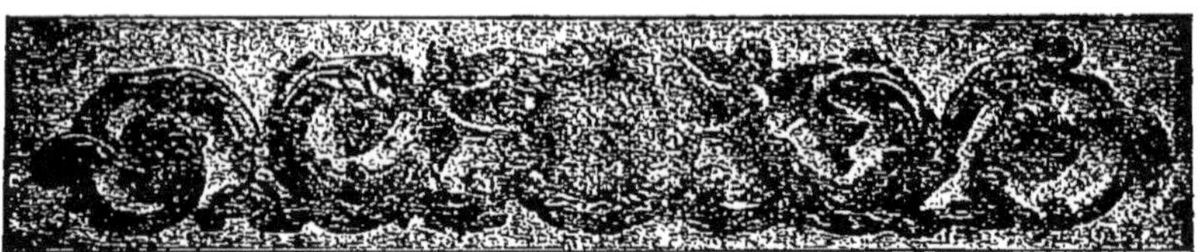

FRISE LATÉRALE DU BANC-D'ŒUVRE

Il fut transporté dans les premières années du siècle à Monéteau et installé dans l'église, en face de la chaire ; mais comme sa masse était trop encombrante en cette place, on le mit au fond de l'église, à côté de la grande porte. L'usage de ce banc, concédé à la famille Bonnet-Denormandie, appartient aujourd'hui à M. l'amiral Bonie.

Le banc proprement dit, de 2 mètres 24 cent. de largeur, est divisé en trois panneaux ; par devant est un coffre énorme de 0^{m} 70 de largeur et 0^{m} 85 de hauteur. Le dossier est surmonté d'une boiserie, haute de 3 mètres, et orné au milieu d'un bas-relief très curieux. Ce panneau, qui mesure 0^{m} 60 de hauteur et 1 mètre de largeur, représente un trois mats, la proue tournée vers la terre. A droite, sur un massif de rochers, formant le rivage, se dresse un phare, surmonté d'un toit aigu, et tenant une lanterne suspendue au bout d'une longue barre. Par la porte ouverte on entrevoit l'échelle primitive qui conduit au sommet. Quatre ouvertures, dont deux dans la toiture, sont munies de balcons, pour le guet.

Sur la proue du navire, un évêque (saint Nicolas), debout, la crosse à la main, bénit trois enfants nus, retenus dans une cuve, au bas de la tour.

En haut de ce panneau sont sculptés deux écussons : celui de droite est d'azur, à une ancre d'argent et deux rames d'or la croisant en sautoir ; celui de gauche est également d'azur, à la foi (deux mains s'étreignant) d'argent ; en chef, deux étoiles d'or ; en pointe, cœur d'argent, avec flammes de gueules.

Le banc est surmonté, à 3 mètres de hauteur, par un dais,

(1) Voir dans le *Bulletin de la Société des Sciences de l'Yonne*, année 1891, une notice de M. Demay, érudit auxerrois, sur le vaisseau de la Confrérie de Saint-Nicolas.

formant entablement, et divisé en trois parties. Le caisson du milieu forme, sur toute sa profondeur, une arcade semi-ovale, surmonté d'un médaillon également ovale ; ce fronton représente en bas-relief, le couronnement de la Vierge par le Père, le Fils et le Saint-Esprit, sous la forme d'une colombe. Au-dessus de la corniche règnent tout autour des bandes délicates et élégantes de feuillage en forme de rinceaux, accompagnant, sur les côtés, des écussons ovales, ornés jadis de trois fleurs de lys lesquelles ont été enlevées à coup de ciseau, lors de la Révolution.

Ce banc, dans son ensemble, présente un spécimen curieux et original de l'art du meuble au XVIIe siècle, et ne manque pas d'attirer l'attention des connaisseurs.

Bureau de Poste et Télégraphe. — Jusque vers le milieu du siècle, Monéteau fut desservi par le bureau de poste d'Auxerre. En 1856, le Conseil municipal demanda à l'Administration des Postes l'établissement d'un bureau dans le pays, mais il n'obtint que celui d'un facteur-boitier. Ce ne fut que le 14 mai 1887 qu'eut lieu la réception définitive du bureau de poste que la commune avait obtenu l'autorisation d'établir. La dépense de cette construction se monta à près de 8,000 francs.

Trois ans auparavant, le 25 septembre 1884, la gare avait été ouverte à la télégraphie privée.

CHATEAUX

Sommeville. — M. Housset vendit en 1798 son domaine de Sommeville à M. Bonnet, dont la famille était originaire du Mont-Saint-Sulpice.

M. Bonnet était alors un des membres les plus distingués du barreau de Paris, et il venait d'épouser (1794) mademoiselle Aucante, fille d'un très estimable procureur au Parlement. Son chef-d'œuvre (1) fut la défense du général Moreau en 1804. Lorsque, dix ans plus tard, l'empereur de Russie entra triomphalement à Paris, il fit demander à M. Bonnet son plaidoyer et lui écrivit une lettre très flatteuse.

L'illustre avocat se servit de sa haute autorité pour intervenir en faveur de la ville d'Auxerre, dans une circonstance des plus critiques. Pendant l'invasion de 1814, le baron d'Ulm, général autrichien, qui occupait Auxerre, avait frappé cette ville d'une contribution d'un million. Jusqu'à ce qu'il fût satisfait, il retenait

(1) Voir pour plus de détails, l'*Annuaire de l'Yonne*, année 1850, p. 191, et une *Notice biographique* publiée par un de ses collègues, à l'imprimerie Fournier, Paris.

pour otages les administrateurs du département. M. Bonnet, touché des malheurs de sa patrie adoptive et de la position douloureuse des amis et des parents qu'il possédait en cette ville, fit les plus actives démarches et obtint que la contribution fût réduite à la somme de 180,000 francs.

Il devint dans la suite bâtonnier de l'ordre des avocats, puis membre de la Chambre des députés et enfin, en 1826, conseiller à la cour de cassation. Tous les ans, il aimait à venir dans son domaine de Sommeville, passer les vacances, et là il se montrait affectueux et bienveillant à l'égard de ses parents et de ses compatriotes. Ses traditions de bonté et de bienfaisance ont été précieusement conservés dans sa famille.

Il mourut le 6 décembre 1839, âgé de 80 ans. Dans ce moment redoutable, il montra, dit un de ses biographes, « la piété la plus affectueuse et la foi la plus confiante. »

Il laissa la propriété de Sommeville à sa veuve qui la posséda jusqu'à la fin de sa vie, le 24 août 1863. Après elle, madame Denormandie, sa fille, garda et agrandit la vieille résidence pour laquelle elle avait une grande prédilection. Elle mourut le 6 août 1885, laissant une mémoire vénérée. Le château échut alors en partage à sa fille, qui avait épousé le vice-amiral Bonie. De ses deux fils, M. Paul Denormandie était avocat à Paris, où il avait fixé sa résidence ; M. Ernest Denormandie, sénateur, fut mis en possession du château des Boisseaux.

Les Boisseaux. — Cette propriété, avec ses dépendances, appartenait, au moment de la Révolution, à M. Baudesson, qui le vendit le 24 germinal, an VI, à M. Hay, ancien député de l'Yonne. A la mort de ce dernier, survenue le 23 octobre 1847, le domaine passa à son gendre, Jules Grillet de Serry, ingénieur en chef des Ponts et Chaussées.

Par suite du décès de M. de Serry, sa fille hérita des Boisseaux en 1872. Elle vendit cette résidence, en 1877, à madame Denormandie et ne conserva que les terres qu'elle possède encore aujourd'hui.

Lorsque la châtelaine de Sommeville mourut, le 6 août 1885, un partage de famille attribua la résidence des Boisseaux à monsieur Ernest Denormandie, sénateur et ancien gouverneur de la Banque de France, qui l'a beaucoup embellie.

Les Chesnez. — M. Martineau céda cette propriété, dans les premières années du siècle, à M. Robin qui lui-même la revendit, en 1844, à M. Faure. Elle est demeurée depuis entre les mains de cette famille qui la possède encore aujourd'hui.

RESTES DU CHATEAU DE COLBERT

Montaigu. — Après la Révolution, nous trouvons ce domaine comme appartenant à Henri Duplessis, notaire à Auxerre, et à Marie-Anne Borne, sa femme. Ils firent alors construire le château actuel. Leur fille, madame Colombe Petit, vendit, en 1827, la propriété à Zacharie Duplessis, demeurant à Auxerre, et à sa femme madame veuve Cochois.

En 1861, Edme-François Duplessis, leur fils, céda Montaigu à Louis Richard, devenu depuis adjoint de la ville d'Auxerre, lequel revendit le château et ses dépendances, le 27 mars 1891, à M. Rouillé, ancien imprimeur de la *Constitution* et président du Tribunal de commerce d'Auxerre.

Villa Caprice. — L'ancien château de Colbert demeura, pendant la Révolution, entre les mains de la famille de la Brûlerie. Henri Bernard, qui l'habitait dans le premier quart du XIXe siècle, était d'après le P. Massé (1) « le type du gentilhomme, du soldat et du vaillant chrétien. » Une modeste fortune et une nombreuse famille ne lui permettaient pas de relever la modeste chapelle du château, mais, chaque matin, ajoute le même historien, il allait baiser pieusement la pierre sacrée de l'autel. Deux de ses fils, Albert et Bernard, devaient compter parmi les membres les plus éminents de la congrégation de Pontigny.

M. Bernard se dessaisit de la propriété vers 1840. Après avoir changé plusieurs fois de maître, elle fut achetée en 1867 par M. Dupont qui l'embellit beaucoup et lui donna le nom de *Villa Caprice.* Elle fut enfin vendue, en 1875, à madame Martin, qui la possède encore aujourd'hui.

La chapelle et les anciens communs ont été distraits du château pour former une propriété particulière. Ces communs se composent d'un corps de bâtiment, surmonté d'une tour quadrangulaire, reliée à une autre tour de forme arrondie, paraissant dater, l'une, du XVIe, et l'autre du XVIIe siècle.

Quant à la chapelle, elle est en ruines, et ces ruines vont elles-même prochainement disparaître, pour permettre l'alignement du chemin allant du pont suspendu à la grande route d'Auxerre à Seignelay.

Maison Griffe. — Cette propriété a appartenu jusqu'en 1830 à M. Oudin ; il la vendit alors au marquis de Valdahon qui l'acquit, paraît-il, avec la part qu'il reçut sur l'indemnité servie aux émigrés. Le nouveau propriétaire s'occupait beaucoup de peinture et quelques-unes de ses œuvres ont été reproduites par la litho-

(1) *Histoire du P. Boyer, de Pontigny.*

graphie. Plusieurs de ses tableaux se voient aujourd'hui dans l'église de Monéteau.

Cependant ses œuvres n'ont qu'un mérite assez médiocre et, s'ils ont du coloris, ils sont dépourvus surtout de dessin.

Le marquis revendit la propriété, en 1848, à M. Griffe. Elle est restée depuis dans cette famille et elle a passé, en 1862, dans la branche collatérale des Lelogeais.

POPULATION

La population a beaucoup varié dans ce siècle, comme on peut s'en rendre compte par le tableau suivant

Années.				
1836........	650 habitants.			
1841........	654 —			
1851........	786 —			
1856........	885 —			
1861........	988 —		270 ménages.	233 maisons.
1866........	921 —		272 —	239 —
1872........	869 —		267 —	226 —
1876........	774 —		257 —	212 —
1881........	821 —		275 —	233 —
1886........	864 —		273 —	236 —
1891........	830 —		291 —	243 —
1895........	816 —			

D'après ce tableau, c'est dans les années 1861 et 1886 que la population a atteint à deux reprises son maximum, avec 988 et 864 habitants.

Les 830 habitants, signalés par le recensement de 1891, se répartissaient ainsi entre les bourgs et les hameaux :

Monéteau (proprement dit)......	196 habitants.	49 maisons.
Léteau........................	327 —	94 —
Sommeville....................	129 —	39 —
Saint-Quentin.................	84 —	29 —
Les Dumonts...................	39 —	15 —
Les Chenez....................	18 —	3 —
Les Boisseaux.................	10 —	2 —
Les Archis....................	5 —	2 —
Montaigu......................	8 —	1 —

CONTRIBUTIONS

Le chiffre des contributions a toujours été en progression depuis le commencement du siècle. Le total des quatre contributions s'élevait, en 1864, à 9,757 fr. 32, sur lesquels 2,731 fr. 35 étaient attribués à la commune. Elles s'élevaient, en 1875, à 15,728 fr. 56, dont 5,889 fr. 57 pour la commune. Enfin, en 1880, elles étaient de 16,709 fr. 48, dont 7,409 fr. 98 pour la commune.

Parmi les charges extraordinaires qui ont été imposées sur le bourg à notre époque, citons le dommage causé par l'occupation allemande, lequel fut estimé à environ 8.000 francs. Il reçut comme indemnité la somme de 823 francs, sur les 1,125,000 qui furent attribués au département. Ce chiffre se rapproche singulièrement des 800 francs que la commune reçut, en 1816, comme indemnité des charges de guerre qu'elle avait supportées dans les années 1813 et 1814.

CHEMINS ET SENTIERS

En dehors des routes nationales et départementales et des voies de moyenne et petite communication qui sillonnent le territoire de Monéteau dans tous les sens, nous ne saurions omettre les noms des chemins ruraux et des sentiers dont le simple énoncé offre quelque intérêt.

Chemins ruraux. — La Jonchère. — La Fête-Dieu. — Des Marinières. — Vide-Grange. — Pissoire. — Grande Saurée. — Macherin. — Grandes Haies. — Graviers. — Tacot. — Prés Janvier. — Champs. — Bois des Chesnez. — Château. — Aventures. — Petit-Fossé. — Curée. — Perrières. — Grandes Vignes. — Chênes. Prés hauts. — Rogations. — Hâtes. — Abreuvoir. — Ecluse. — Dumonts. — Chapelle. — Canada. — Folle Pensée. — Saint-Quentin. — Archis. — Dames. — Sougères à Auxerre. — Tuilerie. — Enfants d'Aube. — Pien à Auxerre. — Vaches. — Ruelle du Saule. — Mouille. — Grillottes. — Chemilly. — Gurgy. — Thizouailles. — Halage.

Sentiers. — Fontaine de Saint-Cyr. — Courty-Robin. — Grande Saurée. — Prés Janvier. — Mignarde. — Trois-Maries. — Four à Sommeville. — Chênes. — Mort. — Prés de l'hôpital. — Petit Canada. — Archis. — Grillottes. — Maison des Champs.

SUPERFICIE ET PRODUITS

Le territoire de Monéteau présente aujourd'hui une superficie de 1,130 hectares. La commune eut à en défendre l'intégrité à deux reprises, au commencement du siècle. Une première fois, en 1807, elle repoussa les réclamations de Perrigny qui demandait que la délimitation des deux paroisses se fit par la route de Paris et le rû de Beaulche.

Elle eut encore à lutter, l'année suivante, contre les prétentions de la ville d'Auxerre qui voulait adjoindre à son finage le bois du

Thureau du Bar et celui des *Dames*. Elle fit valoir, pour défendre ses droits, que ces bois faisaient partie, de temps immémorial, du territoire de Monéteau ; que l'impôt en avait été toujours porté au rôle de Monéteau ; que les actes de naissance et de décès des propriétaires d'une tuilerie située dans ces bois et détruite depuis cinquante ans, se trouvaient dans les archives de la mairie ; enfin que l'étendue de la commune était fort resserrée et que ces bois en faisaient la limite naturelle. Elle eut finalement gain de cause dans cette affaire.

D'après le recensement de 1892, les produits du sol se répartissaient ainsi :

Cultures alimentaires..........	379	hectares.
Prairies artificielles............	157	—
Jachères......................	40	—
Prairies naturelles.............	18	—
Bois et forêts..................	347	—

Une autre évaluation donne les chiffres suivants :

Froment........	163 hectares,	dont le rendement	moyen par hect.	12 hectol.
Seigle...........	15	—	—	10 —
Orge............	15	—	—	7 —
Avoine..........	70	—	—	10 —
Pommes de terre.	25	—	—	60 quint.
Betteraves.......	60	—	—	250 —
Vignes	100	—	—	8 hectol.

Comme on a pu s'en rendre compte, la culture de la vigne s'est beaucoup étendue à Monéteau depuis un siècle, et l'on a sacrifié la qualité à la quantité en remplaçant le pinot par le gamet.

Le vin récolté à Monéteau est en général doux et agréable à boire ; il vieillit vite. Comme le sol est composé en grande partie de sable et d'argile, la vigne donne un produit de qualité inférieure à celui des pays de l'Auxerrois où domine le calcaire. Mais cette cause d'infériorité est devenue un gage de sécurité et d'avantages pour l'avenir. En effet, les grands crus de l'Yonne sont menacés d'une destruction prochaine par le phylloxéra ; comme, d'un autre côté, ils sont situés dans des terrains calcaires et que l'on n'a encore trouvé aucun plan américain réussissant dans cette sorte de sol, il semble qu'il ne sera guère possible de reconstituer ces vignobles, et ce serait pour ces pays la ruine à brève échéance. Il n'en sera pas ainsi pour Monéteau dont le terrain nourrit parfaitement plusieurs plans américains ; des essais faits dans ce sens ont donné d'excellents résultats et rassurent pleinement pour l'avenir.

La culture de la vigne a été, à notre époque, pour Monéteau

l'élément le plus considérable de prospérité, et, à voir l'aspect aisé du pays, on se sent loin du temps où les vignerons chantaient la vieille chanson auxerroise :

Grand Dieu, queu métier d'galère
Que d'être vigneron,
Toujours à galer la terre
Dans toutes les saisons, etc.

PIÈCES JUSTIFICATIVES

I.

Accord entre les Templiers de Monéteau et le Chapitre d'Auxerre au sujet des droits d'usage dans la forêt de Bar.

(1252, 23 février).

A tous ceux que ces présentes lettres verront, Nicolas de Manoto, bailli de Sens, salut dans le Seigneur. Savoir faisons à tous qu'un différend s'est élevé entre le doyen et chapitre d'Auxerre, d'une part, et le précepteur et les frères de la milice du Temple, en France, de l'autre. Les Templiers revendiquaient le droit d'usage dans toute la forêt du Chapitre qu'on appelle la forêt de Bar, pour le pacage de tous les animaux de leur maison de Monéteau, soit dans le grand bois, soit dans les taillis; le Chapitre, au contraire, leur déniait ce droit. Enfin les parties ont transigé par l'accord suivant :

Le Chapitre a assigné la moitié de la forêt aux Templiers pour la pâture des bestiaux de leur maison de Monéteau, à l'exception des chèvres. Il pourra planter en bois (ponere in forestà), l'autre moitié de la forêt dans laquelle les Templiers ne pourront mettre de bestiaux dans l'espace de cinq ans. Après ce temps, le Chapitre pourra vendre cette forêt s'il le veut, ou la garder. Le Chapitre pourra aussi couper l'autre moitié réservée aux Templiers et la conserver en bois pendant cinq années. Pendant ce temps, les Templiers pourront mener leurs bestiaux dans la partie que le Chapitre s'est réservée dans la forêt. S'il arrivait que les deux portions de la forêt, l'une appartenant au Chapitre et l'autre aux Templiers, aient atteint cinq années, les Templiers pourront faire paître leur bestiaux dans n'importe quel endroit de cette forêt, âgée de cinq ans.

Le Chapitre pourra couper ou vendre une partie quelconque de la forêt, s'il lui plaît, pourvu qu'il en réserve la moitié pour le pacage des bestiaux des Templiers, et il ne pourra accorder à d'autres le droit de pâturage dans la forêt. Le Chapitre devra partager la forêt de telle façon que les bestiaux des Templiers puissent entrer dans la partie qui leur est réservée, et en sortir.

A ceux qui avaient coutume, avant cette transaction, de mener leurs bestiaux dans la forêt, le Chapitre permet de continuer, s'ils le veulent, sans aucune opposition, et à condition qu'il ne recevra d'eux aucun bénéfice pour cette permission. Et parce qu'il y a dans la forêt quelques arpents qui sont tenus à cens par le Chapitre, il a été conclu que s'ils viennent à appartenir au Chapitre, ils seront soumis aux mêmes conventions que le reste de la forêt ; mais tant qu'ils seront hors des mains du Chapitre, celui-ci ne s'opposera pas à ce que les Templiers y aient les mêmes droits d'usage qu'auparavant.

Au sujet de cette convention, le Chapitre devra fournir des lettres de lui et de l'évêque d'Auxerre, des Templiers, du précepteur de la milice du Temple en France et du trésorier du Temple, à Paris. L'échange de ces lettres devra être fait dans le courant du mois où le précepteur du Temple de France viendra à Paris. Chacune des parties s'obligera à observer fidèlement cette transaction, sous peine de payer cent marcs d'argent.

Les témoins responsables des Templiers ont été Nicolas Arrode, Thibaut de Neuvy et Thomas de Tiboud ; ceux du Chapitre, Geoffroy, archidiacre de Chartres, l'archidiacre d'Auxerre et Pierre Guignor. Après l'échange des lettres, lesdits témoins seront déliés de leurs engagements.

Moi, Nicolas de Manoto, bailli de Sens, j'ai reçu dans mes mains les gages du consentement des parties et, sur leur demande, j'ai scellé les présentes lettres en témoignage et comme ratification de leur accord.

Nous, Herbert, doyen de l'église d'Auxerre, et Pierre, trésorier du Temple, pour la force et la ratification de cette transaction, nous avons fait apposer notre sceau aux présentes lettres.

Fait à Paris, l'an du seigneur 1251, le premier vendredi après les Brandons (1).

II.

Affranchissement des habitants de Monéteau par le Chapitre d'Auxerre.

(1263).

Au nom de la sainte et indivisible Trinité, ainsi soit-il. A tous ceux qui ces présentes lettres verront, G. doyen et tout le Chapitre d'Auxerre, salut dans le vrai salut. Qu'il soit connu de tous que nous avons remis à perpétuité et abandonné à tous nos hommes et femmes de Monéteau et de la paroisse du même lieu la servitude ou coutume que l'on appelle vulgairement main-morte, et que nous possédions sur eux et sur leurs descendants.

En compensation, ils nous ont abandonné les bois qu'ils possédaient dans la forêt du Bar et cédé tous les droits qu'ils avaient dans l'étendue de ladite forêt. Il nous ont donné en plus cent livres tournois et promis, par engagement solennel, de nous donner douze cents livres tournois payables aux termes suivants : trois cents livres à la fête de la Purification de la bienheureuse Vierge Marie, l'an du Seigneur 1263, et une pareille

(1) Pièce en latin, aux archives de l'Yonne, G. 1941.

somme en la même fête, à chacune des années suivantes, jusqu'à ce que la totalité de la somme soit payée.

Nous exemptons à perpétuité tous lesdits hommes et femmes de Monéteau et de toute la paroisse et nous les tenons quittes de la susdite servitude ou coutume, dans la forme souscrite, tout en gardant sur eux les tailles, coutumes, tierces, cens, décimes, tous droits de haute et basse justice, charges et coutumes dont nous jouissions sur leurs biens et sur leurs personnes.

Nous voulons et nous accordons qu'ils puissent, soit eux-mêmes soit leurs héritiers et successeurs, en quelque lieu qu'ils demeurent ou que se trouvent situés les biens de ceux qui sont morts, recevoir et posséder en paix et sûreté les héritages et biens de leurs parents, frères, consanguins et ancêtres de Monéteau et de toute la paroisse de ce village, sous la garantie que nous leur fournirons, soit nous-mêmes soit nos successeurs, contre toute espèce de trouble.

Ils pourront acheter n'importe quel bien des hommes et femmes sus-nommés, soit que ceux-ci les possèdent maintenant ou qu'ils les acquièrent plus tard, pourvu qu'ils ne les reçoivent pas de personnes sur lesquelles nous avons droit de main-morte.

Mais si les susdits hommes et femmes, après la rédaction de ces lettres, faisaient un achat dans un de nos lieux ou villages placés sous le régime de la main-morte, ou bien à des personnes à qui nous n'avons pas encore fait remise de cette servitude, ces biens acquis resteraient soumis à la loi et à la coutume de ces lieux et villages.

Nous voulons en outre et nous accordons que quiconque, homme ou femme, qui abandonnera une terre autre que les nôtres pour se fixer à Monéteau ou dans la paroisse de ce lieu, et se sera réclamé comme notre homme, obtienne le même privilège et la même liberté, autant que nous pouvons les garantir, c'est-à-dire sans avoir à craindre aucune inquiétude de notre part. Si, au contraire, quelqu'un de nos hommes ou de nos femmes non encore affranchi du droit de main-morte, venait à Monéteau ou dans la paroisse, il n'obtiendra la susdite liberté qu'en se mariant avec une personne fixée dans la paroisse.

Celui ou celle qui sera venu se marier à Monéteau ou dans la paroisse, comme nous l'avons dit, et qui y fixera sa demeure, soit qu'il vienne d'une terre où la main-morte n'était pas encore remise, où d'ailleurs, jouira, en ce qui nous concerne, de la même liberté sur tous ses biens, à l'exception de ceux qu'il aura eus par héritage sur une terre qui serait encore soumise à la main-morte : ces biens demeureront sous le régime des lois et coutumes du lieu où ils se trouvent.

Il est entendu et décidé que si quelqu'un de Monéteau allait se fixer dans un endroit où nous avons la main-morte, il resterait soumis, pendant son séjour, aux lois et aux coutumes de ce lieu. Cependant celui qui ira se fixer dans un village délivré de la main-morte ou bien reviendra à Monéteau ou dans la paroisse, jouira de l'exemption accordée à ces lieux.

Si, dans le cas où nous avons permis la transmission des héritages aux héritiers dans la forme déterminée, il arrivait que quelque héritage ne soit réclamé par personne, ce bien sera conservé pour l'ayant droit pendant l'espace d'un an et un jour entre les mains du chambrier de ce lieu ou de deux bourgeois du village, dignes de confiance. Ce délai écoulé, si l'héritage demeure vacant, il sera remis intégralement aux chanoines qui toucheront leur prébande en ce lieu, ou bien à leur mandataire. S'il s'élève un différend entre les héritiers sur la question de savoir qui est le plus proche parent et qui doit hériter du défunt, comme nous entendons ne rien céder de nos droits de justice, ils se présenteront devant nous et le différend sera terminé par notre jugement ou celui de notre mandataire.

Nous accordons à nos dits hommes de Monéteau et de toute la paroisse la permission que le plus grand nombre ou du moins la majeure et la plus saine partie d'entre eux élisent, d'un commun accord, quelques hommes de bonne réputation qui, après avoir fait serment, prélèveront en conscience l'argent qui nous a été concédé et promis comme rachat de leur liberté, en imposant à chacun la portion qui lui incombe suivant ses moyens.

Si quelqu'un refuse de verser la somme qui lui aura été imposée par les hommes choisis à cet effet, nous ferons pleine justice de lui, s'il demeure dans une de nos terres. S'il passe dans un autre village qui ne soit pas de notre dépendance, de bonne foi et sans notre consentement, nous viendrons à leur aide pour lui faire payer la somme qui lui aura été imposée, et il ne jouira de ladite liberté qu'après avoir payé cette somme. De même, s'il revient un jour à Monéteau pour y demeurer, il ne jouira pas non plus de ladite liberté, avant d'avoir fait le paiement susdit.

Si quelqu'un ne voulait pas bénéficier de cet affranchissement et refusait de payer la somme qui lui aurait été imposée, dans le cas où la mort viendrait à l'enlever, lui ou l'un des siens, nous tolérerons que la communauté de ceux sur qui tombait la charge de l'exemption à payer, s'empare de son héritage, comme nous avions coutume de le faire, pour y prélever intégralement la somme qui lui avait été imposée par les délégués de la communauté.

Fait dans notre Chapitre, l'an du Seigneur 1263, le mardi après l'Exaltation de la Sainte-Croix (1).

III

Accord entre le Chapitre et Guiot le Jussiat, au sujet des dîmes de Monéteau.

(1388)

A tous ceulx qui verront ces presentes lettres Jehan Maulduit et Jehan Argelet le Jeune, gardes du scel de la prevosté dAucerre salut. Saichent tuit que en la présence Jehan Quoquart, clerc tabellion comme jure dou

(1) L'original, en latin, de cette pièce se trouve aux archives de l'Yonne, dans le fonds du Chapitre d'Auxerre. A cette pièce est annexé l'acte de ratification passé par la majeure partie des habitants de Monéteau et de Sommeville, par-devant l'official d'Auxerre, au mois de septembre 1263.

roy nostre sire en la court de la dict prevosté, lan de grace mil trois cens quatre vins et huit, vint et quatre jours dou mois de février, a hore de la grant messe celebrant en leglise dAucerre ledit jour au lieu ou honorables et discretes personnes les doyen et Chapitre dAucerre ont acoustume atenir leur Chappitre monsieur larcediacre doudit lieu et pluseurs chanoines illec assistens tenanz leur chapitre chapitrens, ledit monsieur le doyen absent, vint en sa propre personne Guiot le Jussiat demeurant ou bourg medame la dehors dAucerre et dist auz diz honorables de sa propre boche telles ou semblables paroles en effet ou substance : Messeigneurs, il est certain que vous me feistes ja piece appelez a Ostun et me faistes demande p devant votre juige audit lieu d'Ostun dou dismes de mes vignes que jai ou finaige de Monestaul qu je paie au xxe, contre laquelle demande je me suis deffendus longuement et tant que sentence fut donne contre moy de laquelle je ai apelle à court de Rome a laquelle court jay impetre mon reprise p vertu douquel vous ave este appelez a Sens a ma requeste p devant le juge sur ce commis par la dicte court, lequel juge a donne et professe sentence contre moy dont jay encore appelle a court de Rome. Totevoye je viens humblement p devers vous, messeigneurs, et vous dy que de ce que jay pledet soutenu pledoerie contre vous sur ce jay este mal conseilliez et ne vuil plus soutenir la pledoerie et vous confesse devoir votre dismes de mes dictes vignes qui se pose au xx[e], cest assavoir en vin et ce vin est faiz en votre justice et seignorie tout aussi comme les habitants de Monesteau et si je transporte la venange hors de votre justice je le vuil paier en rasins ou venange sur le lieu ou sont mes autres vignes. Et vous confesse devoir les arrerages dudit disme et aux diverses appellacions plez et proces par moy faiz contre vous touchant ce fait. Je renonce et man deppars du tout et des despens p vous sur ce faiz. Je men met a votre volonté et ces choses ainsi decidees ledit Guiot jurant en la main dudit jure p sa foy tenir et garder senz venir encontre par quelque manie que ce soit, lesquelles choses ainsi coignues confessees et promises par ledit Guiot, lesdiz seigneurs orent et ont agreables et en requistrent audit jure a eux estre sur ces pièces libres lesquelles nous avons scellees dudit scel a la relacon dudit jure. Donne lan jour et hore dessus diz et escriz (1).

Quoquart ita est.

IV

Bail de la mairie de Monéteau appartenant au Chapitre.

(1574)

Le dernier jour de juillet 1575, comparut en sa personne messire Jehan Chevallard, chanoine d'Auxerre, et petit chambrier de Monéteau lequel cognut et confessa avoir laissé à tiltre de bail à Sébastion Collon, laboureur, demeurant audit Monesteau présent la maizerie dudit Monesteau

(1) Arch. de l'Yonne, G. 1940.

pour le temps d'un an a commencer du jour et feste de Magdelaine dernier passé et finissant à pareil jour prochain venant à la charge que ledit preneur sera tenu et a promis icelle maizerie bien et deument exercer tellement que ledit bailleur nen aye aulcun plaintif et de faire faire les prinses au lieu où il y aura dommage seulement et sostenir lesdites prinses de poursuivre tout délits tant civils que criminels à ses despens jusques à sentence du bailli dudit lieu ne pourra ledit preneur accorder ou composer avec les parties pour les dommages ny pour les despends, dommages et intéretz proceddans diceux et aura ledit preneur la moittié du prouffict de l'amende procedant des amendes recoller des lots non despris et le lot demeurera entièrement audit preneur le despris desquels lots ledit preneur ne pourra recevoir ains demourera audict bailleur ou au greffe dudit lieu et encourre iceluy preneur à ses frais et despens faire tenir l'assize ou grands jour audit lieu de Monestau deux foy pendant ladite année auquel preneur demeurera les amendes provenant du faict de la maizerie à la réserve que dessus jusques à la somme de soixante sous tournois pour une fois et ce moyennant la somme de dix-huit livres tournois que ledit preneur sera tenu de payer audit bailleur a savoir moittié au jour de Noël prochain venant et l'aultre moitié au jour de Saint-Jean-Baptiste en suivant, ne pourra ledit preneur céder ni transporter le present bail a quelque personne que ce soit sans le consentement dudit bailleur et sera tenu ledit preneur donner audit bailleur copie des lots, despris qui se trouveront au greffe sur leur rôle touchant le fait de la maizerie.... Signé : CHEVALLARD, COLLON, ARMAND, notaire (1).

V

Testament de Edme Pesselière, habitant de Monéteau.

(1612)

Le dixième jour du mois d'apvril mil six cens douze, Edme Pesselière, procureur de messieurs de Chapitre sainct Estienne dAucerre, seigneur de Monestau, en son lict malade de corps, sain desprit et dentendement a faict son testament ordonnant sa dernière volonté en la forme et manière qui sensuit.

Premièrement recommande son âme à Dieu le créateur et à la glorieuse vierge Marie à mons. saint Cire et à madame sainte Julitte, ses patrons à toute la court céleste du paradis.

Veut et entend que toutes ses debtes et forfaits soient solvés et payés si aucune sen trouve et quand Dieu aura faict son commandement de lui veut que son corps soit mis et ensepulturé dans l'église de Monestau par le curé dudit lieu ou ses commis, qu'il soit dit et célébré le jour de son obiit vigile à neuf leçons, grand messe, libera avec la recommandation et veut qu'il soit donné pour une fois à l'église dudit Monestau la somme de cinquante sols tournois.

(1) Arch. de l'Yonne, E. 399.

Item quil soit aussi donné pour le luminaire à ladite église la somme de douze sols tournois. Item veut qu'il soit encore donné pour les confrairies dudit Monestau largent double. Item veut qu'il soit donné à la Chapelle Sainct Quentin estant assise en la dite paroisse la somme de dix sols tournois. Item...... (suivent plusieurs fondations faites à Auxerre, Gurgy, etc.).

Item veut et entend quil soit dit et célébré par le curé dudit Monestau ou ses commis dans l'église dudit lieu quatre grands services solennels avec vigile offerte, de pain, vin, argent et chandelle a chacun dicels, quatre fois neuf basses messes et veut quil soit célébré le dimanche a lissue de la grande messe et de vespres un libera un an durant sur la fosse.

Et pour estre exécuteurs du présent testament a esleu et choisi Michelette Denis, sa femme, et Jehan Pesselière, leur fils, auxquels à chascun deux a donné pouvoir, puissance, autorité sur tous et un chascun, ses biens tant meubles que immeubles jusques a l'entier accomplissement dicelles et ladite Michelette Denis et ledit Pesselière presents ont prins, accepté lesd. charges et ont promis laccomplir et faire accomplir. Ce faisant a esté leu et releu le présent testament aud. testateur lequel layant oui a dit le tout estre suivant ses volontés. Fait en presence de Guinere, maistre descolle, de Pierre Ladan, gendre dudit Pesselière, lesquels Denis et Ladan ont déclaré signer de ce interpellés.

Item veut quil soit donné à Jehan Pesselière, son fils, un quartier de vigne assis au finage de Monestau, lieudit la Perrière, tenant d'un long à noble homme messire Claude Chevalier, d'autre à Germain Robert, ledit testament la donne audit Pesselière, son fils, pour la récompense de son mariage et en considération qu'il vivra en paix avec ladite Denis, sa mère et ses sœurs, le tout fait en présence desdits tesmoins cydessus dits et encore a déclaré estre satisfaict et payé du prix de la vente quil a faicte à Pierre Ladan et à Michelette Pesselière, sa femme, d'une maison, aisances et appartenances dicelles comme il est porté sur le contract de ladite vente et dans ladite maison, ledit Ladan fait à présent sa demeurance, et entend quil en jouisse paisiblement, le tout fait en présence de Guinere, maître d'escolle et de Claude Voille, lequel Voille a déclaré ne savoir signer de ce interpellé (1).

Jehan Pesselière, Guynière, Caillard, curé.

VI

Mémoire contre Poncet, dict Surgy, fils de Poncet, vivant advocat au bailliage d'Auxerre.

(1643)

En l'année 1643, il a tué Claude Bernard, habitant de Monéteau, proche Auxerre.

En l'année 1642, il a assassiné le baron de Chassigny, seigneur de

(1) Arch. de l'Yonne, G. 2470.

Bennes, proche Auxerre, lequel fut prié par les sieurs de Curly et la Resle d'aller avec eulx pour destourner une compagnie de gens de guerre qui alloient à Bleigny, et après avoir beu et mangé avec eulx, il monta à cheval sans bottes avec un petit cousteau à son costé, et en chemin vers l'Arbre sec, se trouvèrent ledit Poncet, Lamotte-Gurgy et la Villette qui feignirent un duel de trois contre trois et assassinèrent ledit de Chassigny.

En l'année 1630, il a tué Estienne Theriat, habitant d'Auxerre.

Tous ces meurtres sont recogneus et bien prouvez, par bonnes informations, et luy-même en convient en son interrogatoire ; seulement il dit à l'esgard de Bernard qu'il estoit son soldat, qui néanmoins n'alla jamais à la guerre.

A l'esgard de Chassigny, dict qu'il se trouve fortuitement au lieu de l'Arbre sec, où il vit La Villette, Curly, Gurgy et La Resle et un autre incogneu qu'avait l'espée à la main contre La Villette, qu'il voulut les aller séparer, que ledit La Resle luy fait mettre l'épée à la main, que ledit sieur de Gurgy les empescha de se battre et qu'estant remonté à cheval, il veit ledict incogneu par terre.

A l'esgard de Theriat, il recognoist l'avoir tué et avoir eu grâce du Roy.

Outre les meurtres ci-dessus, il en a commis plusieurs autres : à Paris, en l'année 1629, il tua un escolier et depuis un nommé Prou.

Sa maison est à Monestau, sur le bord de la rivière, où il volle les voituriers et fait des exactions sur eulx. Il violle femmes et filles. C'est un blasphémateur exécrable qui renie Dieu sans cesse.

Le lendemain de Pasques il entre dans l'église de Monestau pendant les vespres, l'épée nue en main, blasphémant et reniant Dieu, et cherchoit le sieur Dusouchet pour le tuer et l'eust tué n'eust été que le vicaire du lieu qui se jeta sur luy pour l'en empescher.

Il a battu à grands coups de bastons, le jour de la Pentecoste, un pauvre pescheur qui lui avoit refusé du poisson, ledict pescheur sortant de la grand'messe et de la communion.

Il volle les pescheurs qui passent devant sa porte sur la rivière, il a deux vallets avec luy qui le suivent continuellement avec fusils et pistollets. Il fait venir lesdicts pescheurs à bord, et s'ils refusent il les met en joue avec son fusil et en blasphémant et reniant Dieu, leur prend tout leur poisson et ainsy les renvoye. Il va la nuit aux maisons des pescheurs et les faict venir pescher au feu avec lui, et n'oseraient refuser.

Il joue avec les habitants de Monestau à la boulle, et n'oseroient gagner, pour ce qui les excède, et quand ils ont perdu il les consomme en despence.

Il fait passer des obligations aux habitans de Monestau, en particulier, sous prétexte qu'il détourne des gens de guerre. Il leur fait faire de grandes corvées. Il faict lâcher ses bestiaux comme cavalles et sans guide ni garde, tout au travers des bleds, et les habitans de Monestau ne s'en osent plaindre.

Il a mis deux fois le feu dans sept cents arpens de bois qui appartiennent au Chapitre d'Auxerre, seigneur dudit Monestau, il veult rendre lesdits bois une commune et des usages.

En l'année présente, le 4 janvier, il a vollé le coche d'Auxerre qui était audit Monestau.

Il est entré dans la demeure du recepveur de Villeneuve-Saint-Salles, avec une compagnie de gens de guerre, laquelle il avoit esté rechercher à dessein, où il a rompu et brisé les meubles, est entré dans le colombier du seigneur où il a fait allumer grand nombre de feux de paille, a pris deux cents pigeons et faisaient tirer ceux qui sortoient par les soldats.

Il empesche les sergents de lever les tailles, il dict qu'il n'a que faire du Roy ny de la Reyne. Il a battu et excédé Claude Couillaut, sergent royal, jusques à le faire lier les mains derrière le dos, promener par le village la corde au cou, l'a lié aux pieds d'un lict et lui a baillé cent coups d'esperon. Il a fait avaller à un sergent son ordure par force, disant qu'autrement il le tueroit.

Il y a peu d'habitants de Monestau qui n'ayent été battus et exceddez par luy, qui en sont estroppiez et grandement incommodez.

Il volle le sel, le vin qui descendent à Paris.

Par arrest du Conseil du XIe d'aoust dernier, il a esté renvoyé par devant le prévost des mareschaux de Sens, pour luy estre faict son procès; il estoit demandeux en réglement de juges et demandoit d'estre renvoyé par devant le lieutenant criminel, par ce moyen il a esté amené des prisons d'Auxerre où le prévost des mareschaux dudict Auxerre luy faisoit son procès, en celle de Sens, où le procès est entièrement instruit, prest à estre jugé entre les mains d'un rapporteur, et seroit à présent jugé, n'eust été que ledit Poncet a obtenu lettres de cachet données à Fontainebleau, le 22 octobre, par lesquelles soubs faulx donné à entendre il est enjoinct au prévost des mareschaux de Sens d'apporter ou envoyer au Roy le procès et jusques à ce qu'il soit sursis au jugement (1).

VII

Cahier pour la paroisse de Monéteau, dépendant des deux généralités, à savoir : moitié généralité de Paris, élection de Tonnerre, et l'autre moitié, généralité de Bourgogne, comté d'Auxerre, pour les plaintes et doléances pour faire à sa Majesté par les habitants de la dite paroisse de Monéteau, quant aux habitants de la généralité de Paris, élection de Tonnerre.

(1789)

1° Nous désirerions être du comté d'Auxerre, comme étant enclavés entièrement dans la Bourgogne, distance d'une demi-lieue d'Auxerre, pour la facilité des recouvrements des impositions, qu'au lieu de Tonnerre est de distance de huit lieues : ce qui est grandement à charge à cette paroisse.

(1) Extrait du *Cabinet historique*, année 1855.

2° Nous nous plaignons des injustes droits des aides, des vexations des commis, tant pour le vin que pour l'eau-de-vie tirée du peu de vin et du marc ; aussi en demandons la suppression.

3° La suppression de l'amende du sel pour pouvoir en prendre dans les greniers les plus proches.

4° La suppression de l'huissier-priseur, qui ruine la veuve et l'orphelin.

5° Nous sommes écrasés par les impositions de la taille, capitation et vingtièmes.

6° La suppression des garnisons qui ruinent le collecteur et le redevable.

7° Et la route ayant coupé les terres par le milieu et ayant planté des arbres de chaque côté qui mangent par leurs racines la superficie du terrain.

8° Pour la dîme qui se perçoit à 16 gerbes l'une de toutes sortes de grains et le vin de vingt feuillettes l'une, et les bêtes à laine de 20 l'une, ainsi que la laine 20 livres l'une.

9° L'amortissement des entrées des villes et le passage des ponts.

10° Nous nous plaignons du *Buissonnier*, qui est envoyé par le bureau de Paris, qui fait couper les arbres et abattre les murs le long de la rivière, pour faute d'avoir soin de réparer les chemins de la rivière.

11° Nous nous plaignons du dégât que font les pigeons, lorsque les grains commencent à être semés, et jusqu'à la récolte, et les peines que l'on se donne pour les garder, ce qui est grandement à charge au public.

12° Nous nous plaignons que les seigneurs et les bourgeois du pays se sont emparés des pâturages ; ce qui réduit les habitants à la misère, et ainsi que les bois où on n'ose entrer à quelqu'âge que ce soit.

13° Nous nous plaignons sur les procédures, lorsqu'un procès est entre les mains des procureurs, on n'en peut voir la fin : ce qui ruine les familles.

14° Nous nous plaignons du contrôle, de ce que l'on paye de trop pour les amendes et les centièmes deniers.

15° Insister sur ce que les voix se comptent par tête, et non par ordre, tant en ce qui concerne la contribution que la répartition de l'impôt, mais encore en ce qui regardera la refonte des lois, et la suppression des abus dans celles où ils existent, et généralement en tout ce qui seroit proposé dans l'assemblée.

Fait et arrêté par nous, habitants de Monéteau, qui ont déclaré ne savoir signer, à la réserve des soussignés, le 19 mars 1789.

Et par devant nous, Edme Guignier, ancien praticien au bailliage de ce dit lieu.

Signé : L. Chevillon, E. Perru (greffier), E. Ferrand, E. Petitjean, L. Lemoux, Michel Papon.

E. Guinier.

Cahier de doléances que donnent les habitants de Monéteau-le-Petit (partie de Bourgogne) à leurs députés aux Etats généraux, en conséquence de la lettre du Roy en date du 27 février 1789.

1° Pour demander la simplification de la perception des impositions, et qu'il soit remis en un seul impôt qui sera versé directement dans le coffre de Sa Majesté ; la suppression des intendants de province, ou au moins la diminution de leurs pouvoirs, car il est honteux que pour une ouverture ou réparation d'un fossé nécessaire à un finage, ou une légère réparation à une église, il faut présenter requête à M. l'Intendant, communiquée au subdélégué, nomination d'architecte et autres ordonnances, rôle de répartition fait par le secrétaire de la subdélégation, nomination de collecteurs : le tout durant quelquefois deux ans et plus. Pendant ce temps les cultivateurs perdent leurs récoltes et une légère réparation devient conséquente, au lieu que si le juge du lieu était autorisé à homologuer l'avis des habitants, il en résulteroit que les ouvrages seroient faits dans leur temps, et on feroit faire pour cent livres ce qui coûte souvent jusqu'à 300.

2° Qu'à l'assemblée des Etats de la province le Tiers-Etat soit représenté en nombre égal à celui des deux autres, et que les opinions y soient prises par tête et non par chambre, sans quoi ils se retireront.

3° De payer la continuation de la corvée en argent, et la réparation des chemins finéraux soit payée par tout le monde indistinctement.

4° Demanderont lesdits députés que la tenue des Etats généraux se renouvelle tous les cinq ans ; à cet effet ne consentir les impôts et subsides que pour ce temps.

5° Que la répartition des impôts que chaque paroisse doit supporter soit faite par les notables de ladite paroisse les plus éclairés, en nombre suffisant, choisis et nommés à la pluralité des voix dans une assemblée par eux convoquée à cet effet, et que les cotes faites à cette occasion soient rendues exécutoires par le juge des lieux, sans frais, ce qui épargneroit bien des dépenses aux collecteurs qui ne servent qu'à les ruiner et ne rapportent rien à l'Etat.

6° La permission de détruire les lapins et autre gibier nuisible aux cultivateurs qui se donnent pendant toute l'année une peine incroyable à la culture de leurs terres et vignes dans l'espérance de récolter, et s'en voient presque privés parce que des seigneurs puissants ont établi dans leurs terres des gardes-chasse pour la conservation de ce gibier destructeur des emblaves des cultivateurs et leur font une loi si dure sur cet objet qu'il y a eu des seigneurs qui ont fait publier dans leurs seigneuries des défenses aux cultivateurs de sarcler leurs bleds.

7° Demandons aussi pareillement que les colombiers et voliers soient fermés dans les temps de la semaille des bleds, orges et avoines, ainsi que pendant les récoltes desdits grains, parce qu'il y a beaucoup de cultivateurs qui ont été obligés de resemer jusqu'à trois fois la même terre et dans les mêmes moments ; qu'il soit permis aux cultivateurs de les tuer.

8° Que les impôts à établir soient supportés et répartis sur un chacun des sujets de Sa Majesté, soit noble soit ecclésiastique, sans exception, chacun en proportion de ses possessions et facultés ; lesquelles impositions seront réparties par les habitants du lieu choisis et nommés dans une assemblée des habitants.

9° Demandent que la province de Bourgogne soit maintenue et gardée dans les privilèges et droits dont elle jouit, et ne souffriront pas qu'on y porte la moindre atteinte, et qu'aux assemblées des Etats de la province le Tiers-Etat soit en nombre égal avec le clergé et la noblesse réunis.

10° Que les droits de contrôle, insinuation, centième denier et autres droits y annexés, dont la plus grande partie des citoyens ignore le nom, et sont forcés de payer à l'arbitrage des commis, soient dénommés et expliqués d'une manière nette et précise ; qu'ils soient moins multipliés ; qu'il n'en soit établi aucun par arrêts du Conseil, attendu que ces sortes d'arrêts ne sont connus que des commis qui les interprètent chacun à sa fantaisie et font payer en conséquence.

11° La suppression des jurés priseurs qui font la ruine des veuves et des orphelins, et de ceux qui sont engagés dans les dettes, car si un créancier est obligé de poursuivre son débiteur et qu'il en vienne à la vente, les droits exhorbitants attribués à ces officiers, qui quelquefois demeurent à 8 ou 10 lieues, avec leurs frais de voyage absorbent quelquefois tout le prix de la vente ; ou si c'est une vente après décès que cet officier se transporte pour faire la prisée des meubles. Si on fait procéder à la vente il faut également payer son transport, ses vacations à la vente et ensuite parce que sa charge l'autorise à emporter les deniers, il s'en saisit et ceux à qui ils appartiennent sont obligés de faire plusieurs voyages pour les avoir. Ce qu'il y a de pire, c'est que dans une succession où le mobilier ne va qu'à une certaine somme, ils sont obligés au lieu d'en recevoir d'en donner à cet officier.

12° Demanderont la suppression des commissaires à terrier, à moins que les seigneurs ne fassent faire leurs terriers à leurs frais. Ces commissaires à terrier, depuis plusieurs années, ont fait payer des droits exorbitants qui ont absorbé le revenu de la plupart des citoyens des endroits où ils ont travaillé. Non contents de ces droits onéreux qui vraisemblablement leur sont attribués ils se font céder les droits des seigneurs ou de leurs fermiers pour vexer les vassaux avec plus d'avidité, et ce qu'il y a de plus odieux, c'est qu'ils amodient des seigneurs la recette des lots et ventes, rente en grains, etc., ce qui fait qu'il ne sont pas scrupuleux de charger des terres de rentes en grains et autres espèces, qui ne devoient rien avant la confection des terriers, et qui se trouvent grevés de ces sortes de droits après.

13° Que la communauté représente qu'elle est séparée de l'église paroissiale par la rivière d'Yonne ; ils sont donc obligés de passer cette rivière tous les dimanches et fêtes pour assister aux saints offices, ainsi que pour les travaux qu'ils sont obligés de faire tant à leurs propres biens que comme journaliers, pour gagner leur vie ; ce qui revient aussi coûteux aux habitants presque comme la taille, et encore de plus à risquer le péril par le débordement des grandes eaux et par la glace.

14° Quelques personnes bien intentionnées nous ont facilité les moyens de découvrir un testament fait par dame Germaine Leclerc, épouse de M. Claude Chevalier, écuyer, conseiller du Roy, lieutenant général au bailliage d'Auxerre, devant Me Bourotte, notaire à Monéteau, le 14 juillet 1620, déposé à Me Leclerc, notaire à Auxerre. Par ce testament cette dame ordonne qu'il soit bâti une chapelle dans la première cour de sa maison de Monéteau, pour donner occasion, dit-elle, aux pauvres gens du village d'assister à la messe le saint dimanche ou autres fêtes. Elle lègue à la dite chapelle 15 bichets de bled de rente et 15 sols en argent qui lui sont dus chacun an sur 15 arpens de terre entre Monéteau et les Isles, du côté de Jonches, à la charge par le chapelain de dire deux messes par chaque semaine, l'une le dimanche, l'autre le mercredi, et dans le cas où il échoirait une fête dans la semaine, la messe du mercredi sera dite le jour de la fête. En outre la dite dame ordonne qu'il soit mis à constitution la somme de 208 livres, dont les intérêts seront retenus par le chapelain, d'autant que les 15 bichets ne sont pas suffisants. Cette chapelle existe encore, nous y avons vu dire la messe il y a environ trente ans et depuis ce temps on ne la dit plus. Cette fondatrice était dame en partie de Monéteau, et cette seigneurie a été vendue aux prédécesseurs de Monseigneur le duc de Montmorency, dont il en est fait mention en son lieu au terrier.

15° Que ladite communauté se réclame à Sa Majesté de faire revivre cette chapelle.

16° Demanderons que la continuation du pacage des bestiaux dans les bois des seigneurs nous soit maintenue, ainsi que le bois mort et le mort-bois ; que nous n'avons aucun pâturage, attendu qu'il n'y a ni prés, ni pâturages, ni usage, et que le finage étant si petit qu'il est occupé les trois quarts en bois appartenant à Messieurs du Chapitre d'Auxerre et à Monseigneur le duc de Montmorency et à M. le Commandeur.

17° Que le sel coûte ici 12 sols 9 deniers la livre, que l'extrême cherté de cette denrée empêche le cultivateur d'en tirer tout le fruit qu'il en pourroit espérer.

18° Nous demandons qu'on supprime le casuel, qu'on dédommage notre curé et qu'on lui restitue la dîme entière, qui lui apppartient de droit.

Fait et arrêté par nous, habitants de la communauté de Monéteau (partie de Bourgogne), ce 22 mars 1789.

Signé : Renault, L. Delorme, Edme Delorme, E.-P. Guinier, I. Noblet (1).

E. Guinier (praticien).

(1) Extrait des *Cahiers* des paroisses du bailliage d'Auxerre pour les Etats-généraux de 1789, publiés par E. Demay, *Bulletin de la Société des Sciences de l'Yonne*, années 1884-1885.

VIII

Nomination par le Conseil de la commune d'un maître d'école.

(1790, 15 novembre)

Cejourd'hui quinze novembre mil sept cent quatre-vingt-dix, le Conseil général de la municipalité de Monetaut étant assemblé dans la Chambre commune faisant partie de l'hôtel de M. le maire, le conseil était présidé par M. Edme Guigné, maire, accompagné de MM. Lazare Chevillon et Pierre-Claude Potrat, officiers municipaux, ainsi que d'Edme Jeandé, procureur de la commune, et de Jean Perru, père, Antoine Papon, Edme Ferrand, Nicolas Briffaut, Michel Papon et Jean Rousseau, notables.

M. le procureur de la commune dit que depuis longtemps la communauté est privée de maître d'écolle et quil voit lutilité et la necessité den avoir un pour l'instruction tant des enfants que pour servir l'église et assister à l'administration des sacrements. En conséquence, comme il se présente le s[r] Louis Gabriel le Febvre, cy devant maître d'écolle à Villefranche, qui, suivant les certificats quil raporte dudit endroit, l'experience et progres quil a fait depuis six semaines paraît capable de remplir les fonctions de maître d'écolle. C'est pourquoi il invite le conseil général de la commune de délibérer entre eux sur la nomination dudit maître sur les appointement ou gage, sur les charges, obligations et devoirs dudit maître ainsi que sur les autres attributions qui sera dans le cas d'exiger.

La matière mise en délibération et après une mure réflexion, les opinions prises, il a été délibéré quil est necessaire davoir un maitre d'ecolle et que ledit sieur le Febvre sera reçu en cette qualité pour le temps de trois, six ou neuf annez aux conditions cy aprest.

1° Ledit maitre d'ecolle fera les ecolles trois heures le matin et trois heures laprest midi aux heures convenables réglées par la municipalité tant en hiver quen été, le matin dans la partie du Grand Monétaut et la prest midy dans celle de Monetaut le Petit a moins que la rivière ne soit pas navigable.

2° Il sera tenu led. maître d'écolle de faire les cathéchismes exactement les jours qui lui seront indiqués, d'apprendre à lire, à ecrire, la ritmétique aux enfans qui lui seront envoyés moyennant cinq sols par mois pour ceux qui ne feront que lire et dix sols pour ceux qui lisent, écrive et calcule.

3° Il sera tenu toutes foy dapprendre gratuitement à trois enfans pauvres de chaque partie de ladite paroisse présenté et recommandé par la municipalité.

4° Sera tenu led. maître d'ecolle d'accompagner et d'assister M. le Curé dans l'administration des sacremens, d'assister et de chanter à toutes les offices de la paroisse et d'apprendre le plein champ aux enfans qui ont de la disposition.

5° Sera tenu ledit maître d'ecolle de lire, publier les decrets de l'Assemblée Nationale, lettre patente et proclamation du Roy et d'écrire toutes foi et lors qu'il sera requis par la municipalité.

Il a été aussi débibéré que sera payé audit maître d'ecolle pour ses enpointemans la somme de 150 l. en deux payemans egos qui se feront lun au 1er avril et lautre au 1er octobre 1791 et ceux d'années autres et de terme en terme tant quil exercera ledit office, ladite somme sera perçue sur les habitants dicelle communauté chaquin à proportion du prorata de la cotte personnelle de la taille.

Sera de plus payé audit maître d'ecolle par les procureurs fabriciens de Monétaut par chacun an la somme de trente livres pour les maîtres chantres pour leur assistance aux offices et a laquis des fondations. Et il sera payé audit maitre 10 sols par mariage, 10 par chaque convoit de grand corps et 5 sols pour celui d'un enfant et aussi 10 sols pour chaque service de défunt (1). »

IX

Délibération du Conseil municipal au sujet de la canalisation de l'Yonne.

(1836)

L'an mil huit cent trente-six, le deux novembre, le Conseil municipal de la commune de Monéteau, assemblé dans sa session ordinaire, conformément à la loi du 21 mars 1831, sous la présidence du maire, il a été par lui exposé au Conseil qu'un projet de canal était fait; qu'il doit s'étendre depuis Auxerre jusqu'à Laroche ; qu'une affiche a annoncé que pendant un mois, à compter du 5 octobre, une enquête était ouverte au bureau des travaux publics de la Préfecture de l'Yonne pour recevoir les réclamations, observations et oppositions des communes et parties intéressées ; qu'après l'examen des plans et projet de ce canal, on voit qu'il doit traverser le finage et surtout la plaine de Monéteau, côté gauche de l'Yonne, dans toute sa longueur, sur quoi :

Le Conseil municipal, après avoir examiné sous tous les points de vue les questions que présente un objet si important pour la commune, puisqu'il s'agit de son existence presqu'entière ;

Considérant que le canal projeté traverserait son finage et sa plaine depuis le grand fossé, en face et au-dessus du hameau des Dumonts, jusqu'aux Vernes-l'Oignon, confins du finage d'Appoigny (ce qui ferait la longueur d'à peu près une lieue); que toutes les terres ainsi traversées sont les meilleures propriétés des habitants de Monéteau ; qu'elles sont toutes leurs ressources, tout ce qui produit principalement leur subsistance; que le finage de Monéteau est très long dans le sens que le canal doit parcourir du midi au nord et très étroit dans l'autre sens de l'est à l'ouest ;

Que par conséquent toutes les propriétés seront presque attaquées et précisément toutes celles qui sont bonnes.

Que si ce canal avait lieu, il s'en suivrait la ruine de la commune de Monéteau.

(1) Archives de Monéteau.

Que cette commune a déjà éprouvé des pertes trop considérables par le débordement d'eau des 4, 5 et 6 mai dernier.

Considérant surtout qu'en plusieurs endroits, au milieu de la plaine, le terrain est très bas et notamment depuis le petit fossé jusqu'au ruisseau de Bauches, que l'eau y séjourne assez souvent et que, lorsque le canal sera fait, l'eau sera maintenue au-dessus du niveau de ces terres, ce qui occasionnera inévitablement des infiltrations qui feront séjourner l'eau continuellement dans les terres et les perdront entièrement; que c'est en vain qu'on prétendrait y remédier, que l'expérience a appris que cela est presque impossible, ou qu'on n'y parvient qu'après plus d'un demi siècle;

Que cependant ces biens sont la principale ressource des habitants de Monéteau; que c'est là particulièrement que se font les principales récoltes en blé, vin, chanvre, haricots, pois, lentilles, pommes de terre, foin, avoine et autres denrées nécessaires à leur subsistance et à celle de leur bestiaux.

Que la commune de Monéteau est déjà traversée par la rivière de l'Yonne et son finage divisé en deux portions; que si le canal venait la subdiviser encore, elle serait entièrement perdue, qu'elle serait la seule qui, traversée au milieu par la rivière, le serait encore au milieu de son finage par le canal, ce qui séparerait ses hameaux d'avec elle et rendrait l'exploitation des terres d'une difficulté inexprimable ;

Que les trois ponts qu'on propose de faire établir pour les communications seraient bien loin de remplacer celles qui existent, puisque huit chemins traversent la plaine sur laquelle le canal devrait être établi et la parcourent dans tous les sens, ce qui donne des facilités que les trois ponts seront bien loin de compenser ; que de plus il arrive très souvent que les cultivateurs mènent leurs engrais et déblavent leurs champs par un autre champ, et on évite par là de longues courses; après le canal fait, ces moyens seront impossibles;

Considérant encore que le canal demandé n'est d'aucune utilité ni particulière ni générale ; que le commerce de bois qui fait, à lui seul, les trois quarts de tous les transports des marchandises nécessaires à l'approvisionnement de Paris, n'en éprouvera qu'un immense dommage, loin d'en profiter ; que tous les entrepreneurs et maîtres mariniers repoussent ce fatal projet; que tous les agents et employés du commerce qui connaissent parfaitement la navigation, attestent que le canal, loin d'être utile, ne peut être que nuisible; et tous unanimement soutiennent que la rivière a toujours été plus que suffisante pour conduire toutes les marchandises; que même très souvent, dans des temps très propres à la navigation, elle n'est pas employée ;

Que des craintes ainsi s'élèvent de la part des propriétaires des vignes qui sont en grand nombre dans la commune de Monéteau; que ceux-ci en effet ont toujours été très satisfaits du transport de leurs vins par la rivière de l'Yonne qui en trois ou quatre jours en plus et à très peu de frais conduisent les vins à Paris, tandis que le canal les conduira à bien plus grands frais à peine en douze jours, ce qui en été sera funeste attendu que la chaleur qui altérera la qualité du vin et endommagera les futailles et en hiver les exposera à être arrêtés par les plus petites gelées ;

Qu'ainsi il paraît que ce canal est non pas inutile seulement mais très nuisible, pour aucune compensation des dommages incalculables qu'il causerait aux habitants de Monéteau.

Arrête à l'unanimité :

Que les précédentes observations et instantes réclamations seront par M. le Maire déposées et transcrites à la Préfecture sur le registre d'enquête qui y est destiné pour qu'il y soit fait droit.

Fait et délibéré à la mairie de Monéteau, les jours, mois et an susdits. Et ont signé au registre :

GUINIER, maire; POTHERAT, adjoint; PETITJEAN, Michel PAPON, G. DELORME, André JACOB, BONNET, LOMBARD, Marc GUINIER, BOURSIN, membres du Conseil.

X

Arrêté préfectoral organisant la compagnie de déchargeurs du port de Monéteau.

(1838)

Nous, Préfet du département de l'Yonne,

Vu : 1° Le règlement arrêté le 15 septembre 1814 par l'un de nos prédécesseurs et relatif au service des différents ports de l'Yonne ;

Ledit règlement contenant en outre le tarif des prix de chargemens et déchargemens des marchandises et autres travaux ;

2° La lettre revêtue de l'avis favorable de M. le Maire de Monéteau, par laquelle le sieur Joussot demande à être nommé chef des ouvriers chargeurs pour les ports de Monéteau et des Dumonts ;

Ensemble la proposition faite à cet effet par M. le Maire de cette commune ainsi que la liste des individus aptes à composer une compagnie d'ouvriers, dressée par lui le 22 novembre dernier ;

3° La lettre aux mêmes fins de M. l'Inspecteur de la navigation à Joigny ;

Considérant que l'institution de cette compagnie ne peut qu'apporter le bon ordre dans le travail des ports de Monéteau et des Dumonts et qu'offrir une garantie au commerce pour les avaries qui peuvent survenir dans les chargemens et déchargemens dont les ouvriers sont responsables ;

Arrêtons ce qui suit :

ARTICLE PREMIER. — Il sera, par les soins de M. le Maire de Monéteau, organisé une compagnie d'ouvriers chargeurs et déchargeurs sur les ports de Monéteau et des Dumonts.

ART. 2. — Cette compagnie sera instituée conformément aux dispositions du règlement susvisé du 15 novembre 1814, et se composera des douze individus dénommés sur la liste dressée par M. le Maire de Monéteau, le 22 novembre dernier ; elle aura pour chef le sieur Joussot Etienne, père.

Art. 3. — Aux termes de l'article 17 du règlement précité, ces ouvriers seront divisés par classe ; chacun d'eux aura une médaille.

Art. 4. — Dans le cas où cela serait nécessaire, il pourra être formé une liste d'ouvriers supplémentaires.

Le nombre en sera fixé par M. le Maire d'après la proposition du chef et l'avis de M. l'Inspecteur de la navigation.

Art. 5. — Tous ces ouvriers seront tenus de répondre à l'appel de leur chef et de suivre ses ordres.

Il leur sera d'ailleurs donné lecture du règlement du 15 septembre 1814.

Art. 6. — Dans le cas où quelqu'un d'eux contreviendrait audit règlement, il sera pris contre le contrevenant les mesures prescrites par les articles 7 et 8 d'icelui.

Art. 7. — Il ne pourra, sous les peines de droit, être exigé de plus fortes rétributions que celles fixées par le tarif faisant suite au règlement.

Art. 8. — Copie du présent sera adressée à M. le Maire de Monéteau, invité à prendre le plus promptement possible toutes les mesures convenables pour en assurer l'exécution.

Fait à Auxerre, les jour, mois et an que dessus (10 janvier 1838).

Signé : *Le Préfet*, Vte de Bondy.

Pour expédition conforme :

Le Conseiller de Préfecture, Secrétaire général,
A. Lescuyer.

XI

Délibération du Conseil municipal de Monéteau touchant la canalisation de l'Yonne.

(1838)

L'an mil huit cent trente-huit, le six de mai, le Conseil municipal de la commune de Monéteau assemblé sous la présidence du Maire, monsieur le Maire a exposé ce qui suit :

Dans le courant de l'année 1836 une enquête a été ouverte au chef-lieu du département sur un projet dressé par M. l'Ingénieur en chef Bouché de la Rupelle, pour la canalisation de la rivière d'Yonne. Le système proposé consistait pour la partie qui intéresse notre commune dans l'ouverture d'un canal entièrement latéral entre Auxerre et Laroche.

D'après ce projet, la partie la plus fertile du territoire de Monéteau devait se trouver occupée par le canal, mais ce n'était pas encore là pour nous le plus grand malhenr. Notre commune, qui se trouve déjà partagée en deux par la rivière de l'Yonne, se trouvait menacée d'une mutilation déplorable puisque le nouveau canal devait la placer dans une île et l'isoler encore de son hameau le plus important.

Enfin, messieurs, et pour combler la mesure, notre plaine la plus fertile et pour ainsi dire l'unique ressource du pays, allait se trouver frappée de stérilité par l'infiltration des eaux qui devaient la traverser.

Dans cette position un cri unanime s'éleva du sein de la commune, vous fîtes entendre vos plaintes à l'autorité, vous fîtes comprendre à la commission d'enquête, par une délibération sagement motivée, à quel point vos intérêts les plus chers étaient menacés, sans utilité réelle pour l'amélioration de l'Yonne. Vos plaintes et vos réclamations réunies à celles de beaucoup d'autres communes également menacées, ont été écoutées.

La commission d'enquête, après un mûr examen, a reconnu qu'une canalisation latérale dans la basse Yonne devait être un fléau également funeste pour les localités dont elle couperait les territoires et pour le commerce qu'elle était destinée à servir.

Le conseil général des ponts et chaussées a reconnu la sagesse de l'avis de la commission d'enquête et a décidé l'abandon du projet de canalisation latérale ; il a ordoné également, sur l'avis de la commission, qu'on se bornerait, pour l'amélioration de la navigation de l'Yonne à l'établissement de barrages dans son lit naturel.

Un nouvel avant-projet a été en conséquence étudié par M. Bouché de la Rupelle sur cette nouvelle donnée. Mais voilà, messieurs, qu'au moment où notre commune se réjouissait du succès qui devait la préserver d'un affreux malheur, elle se trouve par le nouveau projet menacée d'y retomber encore. En effet, d'après les renseignements que je me suis procurés, j'ai appris qu'indépendamment de plusieurs barrages qui devaient être établis sur l'Yonne, dans la traversée de notre territoire, notre malheureuse plaine était encore désignée pour recevoir une dérivation ou plutôt un canal sur une longueur de 1,500 mètres.

J'aurais cru manquer à mon devoir si je ne m'étais pas aussitôt empressé de porter ces faits à votre connaissance ; je n'ai pas besoin, messieurs, de vous rappeler que l'adoption dont je viens de vous entretenir entraînerait la perte de notre commune.

C'est une vérité tellement sentie par tous nos habitants, qu'ils considèrent ce projet comme le plus grand fléau qui puisse les frapper et dont le moindre effet pour eux serait de les obliger à déserter leur demeure.

Cependant, d'après les renseignements que m'ont donnés des personnes expérimentées, il y aurait un moyen fort simple de conjurer de tels désastres.

Le projet sur lequel l'administration paraît le plus irrévocablement fixée consiste, comme je vous l'ai dit, dans la construction de barrages en rivière destinés à maintenir partout la tenue d'eau. Trois de ces barrages devaient être établis à des distances très rapprochées dans la traversée de la commune, et la dérivation qu'on projette serait destinée à desservir à la fois ces trois barrages ; eh bien ! messieurs, pourquoi l'administration, au lieu de cette longue dérivation n'établirait-elle pas à chaque barrage une écluse en maçonnerie qui servirait à la remonte des bateaux.

Il y aurait même avantage pour la navigation car ce qu'on se propose en construisant des dérivations, c'est de rendre la remonte plus facile. Or, cette remonte serait tout aussi commode par des écluses accolées aux barrages et de plus ces écluses pourraient être construites à large voie, de manière à donner passage à toutes les embarcations. D'une autre part, messieurs, l'administration y trouverait un avantage considérable par l'économie que présenterait ce système comparé avec la construction d'une dérivation fort longue comportant aussi des écluses. Vous n'ignorez pas tout le mal que nous devons éprouver de la construction des barrages eux-mêmes qui feront regonfler les eaux dans une partie de nos habitations. Mais enfin nous ferions volontiers ce sacrifice avec l'assurance que notre commune ne sera pas environnée d'une ceinture d'eau qui la tiendra constamment submergée.

Il y aurait donc de la part de l'administration supérieure une inhumanité devant laquelle j'ai la conviction qu'elle reculera à sacrifier légèrement toute une commune pour ne pas vouloir adopter un système que beaucoup de personnes expérimentées prétendent être le meilleur.

Telles sont, messieurs, les principales observations que j'ai cru devoir vous soumettre au sujet des travaux à faire sur l'Yonne. J'appelle vos méditations sur cet objet important qui vous intéresse à un si haut point. Assez d'autres sacrifices vous seront imposés et pour lesquels vous aurez probablement à demander un jour quelque dédommagement, sans qu'on aille encore les rendre plus pénibles par des dispositions inutiles.

Le Conseil, après avoir entendu le rapport ci-dessus de M. le Maire, lui témoigne toute sa reconnaissance de l'avoir mis à même d'élever jusqu'auprès de l'administration supérieure les plaintes et les réclamations des habitants de Monéteau.

Il reconnaît l'exacte vérité de tous les faits énoncés par M. le Maire. Il proteste de tous ses efforts contre le projet de dérivation qui doit avoir pour conséquence la ruine de la commune et la perte de son territoire. Il demande instamment que monsieur le Directeur général des ponts et chaussées veuille bien peser mûrement dans sa sagesse tout ce que la position de la malheureuse commune de Monéteau a de grave et ordonner qu'au lieu d'une dérivation il serait établi des écluses à chacun des barrages construits dans l'étendue de son territoire. Il demande, en outre, que la hauteur de ces barrages soit calculée de manière à éviter la submersion des propriétés et des habitations sous la réserve de tous les droits tant des habitants que de la commune pour les dommages qu'ils pourraient éprouver.

Fait et délibéré à la Mairie de Monéteau, les jour et an que dessus.

PETITJEAN, BOURSIN, F. DELORME, BONNET, G. DELORME, Michel PAPON, OUDIN, POTHERAT, G. DELORME, Marc GUINIER, GUINIER, maire.

XII

Délibération du Conseil municipal touchant la construction du pont.

(1840)

L'an mil huit cent quarante, le 10 mai, le Conseil municipal de la commune de Monéteau, assemblé dans sa session ordinaire, sous la présidence du Maire, apprenant qu'une loi récente vient d'être votée par les Chambres, qui alloue un crédit de six millions cinq cent mille francs pour continuer les travaux de perfectionnement de la navigation de l'Yonne, croit devoir renouveler auprès de l'Administration la demande qu'il a déjà plusieurs fois adressée dans l'intérêt de la malheureuse commune de Monéteau.

Au nombre des travaux qui doivent être exécutés sur le crédit ci-dessus mentionné se trouve la coupure qui doit être faite près du village de Monéteau afin d'éviter le tournant appelé la Bosse des Boisseaux, puis un barrage à l'aval du village au lieu dit le Gué de Thisouaille.

Ces deux ouvrages auront pour effet de supprimer complètement les divers gués qui servent aux habitants à communiquer par voiture d'une rive à l'autre de la rivière. Or le territoire de la commune et le village lui-même se trouvent coupés en deux parties par la rivière d'Yonne ; les habitants de chaque rive ont leurs propriétés des deux côtés et la nécessité de passer avec voitures, charrues, harnais de toutes sortes pour la culture, les engrais, les récoltes est de tous les instants.

Depuis un temps immémorial et jusqu'à ce jour, les habitants ont trouvé un passage facile dans leurs gués ; mais du moment où ils seront supprimés, ce passage deviendra impossible, d'où résultera la ruine des propriétaires des deux rives.

C'est pour conjurer cette ruine inévitable que le Conseil municipal de Monéteau a demandé que l'Administration, lorsqu'elle exécutera les travaux de perfectionnement de l'Yonne, au territoire de leur commune, fasse construire un pont afin de suppléer à l'existence des gués dont ils seront privés.

Le danger est tellement compris par tous les habitants que, dans une souscription ouverte il y a quelques années, ils se sont cotisés pour une somme de près de onze mille francs dans le but d'aider à la construction du pont qu'ils réclament et dont le besoin est d'autant plus urgent, quand bien même l'existence des gués ne serait pas menacée, que durant l'hiver il arrive très souvent que la communication entre les deux rives, même par le moyen du bateau de passage, se trouve interrompue pendant des semaines entières et qu'alors les habitants de la rive droite se trouvent privés de la faculté de pouvoir assister aux offices religieux, d'envoyer leurs enfants aux instructions du catéchisme et aux cours de l'école primaire et que cette interruption de la communication entre les deux rives a pour grave inconvénient encore de pouvoir faire retarder les actes les plus importants de la vie, tels que les baptêmes, mariages et inhumations.

Aujourd'hui que ces inconvénients sont mieux sentis, que le danger est devenu plus imminent, et que le moment est proche où les travaux doivent être entrepris, le Conseil renouvelle ses instances auprès de M. le Préfet pour qu'il veuille bien appuyer ses réclamations auprès de M. le Ministre des travaux publics et, en obtenant qu'un pont soit construit aux frais de l'Etat, préserve la commune de Monéteau de la ruine dont elle est menacée.

Fait et délibéré les jour, mois et an susdits.

PETITJEAN, G. DELORME, BRUAND, ROUSSET, G. DELORME, Michel PAPON, André JACOB, JOUSSOT, PETITJEAN, maire.

XIII

Nouvelle délibération au sujet de la construction d'un pont.

(1843)

L'an mil huit cent quarante-trois, le 9 février, le conseil municipal de la commune de Monéteau, assemblé sous la présidence du Maire dans la session ordinaire de février, informé qu'il entre dans les projets de l'administration, pour l'amélioration de la navigation de l'Yonne, de creuser un nouveau lit à cette rivière au territoire de Monéteau, à partir du Gué de l'Epine jusqu'au lieu appelé la fosse du pont, croit devoir, dans l'intérêt de la commune, soumettre des observations à M. le Préfet à cet égard.

Si les travaux projetés par l'administration sont adoptés, il en résultera pour la commune de Monéteau un inconvénient très grave : c'est la suppression des gués. Le Conseil municipal a déjà signalé cet inconvénient en demandant que l'Administration fasse construire un pont qui dédommagera les habitants de la destruction de leurs gués.

La commune se trouve coupée en deux par la rivière, les relations entre une rive et l'autre sont de tous les instants ; les passages des animaux et des voitures employés à l'agriculture ne sont pas moins fréquents et la suppression des gués qui servent à ces passages équivaudrait à la destruction de la commune, si l'Administration ne les remplaçait pas par un pont.

Les habitants ont témoigné à quel point cet objet les intéressait en souscrivant en masse pour une somme de plus de dix mille francs qu'ils ont offerte pour contribuer aux dépenses de ce pont. Le Conseil municipal regarde donc comme un devoir, en réitérant cette offre, de faire un nouvel appel à la justice de M. le Préfet pour que leur malheureuse commune soit au moins dédommagée en quelque chose du préjudice que lui causeraient les travaux qui doivent être exécutés pour l'amélioration de la navigation.

Fait et délibéré à Monéteau, les jour, mois et an susdits.

BRUAND, PAPON Edme, PETITJEAN, André JACOB, BRUAND, G. DELORME, PAPON, POTHERAT, PETITJEAN, Michel PAPON, Edme GUINIER, maire.

XIV

Troisième délibération au sujet de la construction d'un pont suspendu.

(1850)

Le 10 février 1850, le Conseil municipal se réunit de nouveau pour discuter la question du pont à établir sur l'Yonne. Le Maire fait l'exposé des nombreux inconvénients qu'offre pour le pays sa situation sur les deux rives de la rivière. Indépendamment de la difficulté qui existe ordinairement de traverser la rivière par les gués ou à l'aide du bac, il y a plusieurs périodes dans l'année où les communications sont totalement suspendues, ou bien l'on est réduit à faire un détour de dix à douze kilomètres par le pont d'Auxerre.

Les communes de Bassou et d'Appoigny ont obtenu des secours du Gouvernement, elles ont fourni des terrains pour l'établissement d'un pont suspendu et l'entrepreneur perçoit, pendant un certain nombre d'années, un droit de péage.

Or, la situation de Monéteau est bien plus intéressante que celle de ces communes qui ne sont point partagées par la rivière.

De plus, un pont suspendu à Monéteau serait utile à de nombreusse communes voisines et servirait à Seignelay, Héry, Gurgy, Chemilly, Perrigny, Saint-Georges, Villefargeau et d'autres encore.

S'appuyant sur ces diverses considérations, le Conseil municipal prend l'arrêté suivant :

Article premier. — Il y a une nécessité grande d'établir un pont suspendu à Monéteau. Ce pont pourrait être construit soit par un concessionnaire soit par des actionnaires réunis qui percevraient un droit de péage.

Art. II. — Dans l'un et l'autre cas, la commune prend l'engagement de fournir à ses propres frais tous les terrains qui seront jugés nécessaires.

Art. III. — M. le Préfet de l'Yonne est supplié de faire dresser les plans et devis de ce pont et d'arrêter toutes les conditions soit d'une adjudication, soit d'une concession directe.

Art. IV. — Il est aussi supplié d'être près du Gouvernement l'interprète des vœux et des besoins de la commune de Monéteau et de lui faire obtenir un secours en argent comme il en a été accordé à Appoigny, afin d'aider à la réalisation du projet et de rendre moins onéreuses pour la commune les conditions de l'entreprise.

Art. V. — M. le Maire est invité à porter la présente délibération à la connaissance de toutes les communes qu'elle intéresse.

Fait et délibéré les jour et an que dessus.

Boursin, maire, Lemoux, Bonnet, Manchet, Delorme, Durand, Petitjean Louis, Deschamps, Jeanniot.

XV

Arrêté présidentiel ordonnant la construction du pont suspendu.

(1851)

Paris, le 4 novembre 1851.

Au nom du peuple français,

Le Président de la République, sur le rapport du Ministre de l'Intérieur,

Vu les délibérations des Conseils municipaux des communes de Monéteau, Gurgy, Perrigny, Héry, Saint-Georges, Seignelay et Villefargeau (Yonne) ;

Les pièces de l'enquête ;

Les rapports des ingénieurs, l'avis du Préfet et les autres pièces de l'affaire ;

Les lois du 15 floréal an X et 3 mai 1841 et l'ordonnance réglementaire du 18 février 1834 ;

Le Conseil d'Etat entendu,

DÉCRÈTE :

ARTICLE PREMIER

Est déclarée d'utilité publique l'exécution de travaux de construction d'un pont suspendu sur l'Yonne, à Monéteau (Yonne), en remplacement du bac actuel, et des abords et dépendances dudit pont, conformément au cahier des charges et au plan ci-annexé.

ARTICLE 2.

La mise en adjudication est autorisée aux clauses et conditions dudit cahier des charges.

ARTICLE 3.

Il sera pourvu aux frais de construction et d'entretien du pont et de ses abords et dépendances au moyen : 1° D'une subvention de vingt mille francs sur les fonds du Trésor ; 2° d'une somme de cinq mille cent trois francs quatre-vingt-dix centimes que la commune de Monéteau est autorisée à s'imposer extraordinairement en cinq ans, par addition au principal de ses quatre contributions, pour payer le prix des terrains nécessaires à l'établissement du pont et de ses abords, ladite somme représentant annuellement vingt-trois centimes environ ; d'un péage qui sera concédé par adjudication publique au soumissionnaire qui offrira le plus fort rabais sur la durée de la concession.

Le maximum de cette durée qui ne pourra excéder quarante ans, sera fixé à l'avance par le Préfet dans un billet cacheté.

ARTICLE 4.

Le concessionnaire substitué aux droits de l'administration, conformément à l'article 13 de la loi du 3 mai 1841, est autorisé à acquérir à l'amiable et, s'il y a lieu, par voie d'expropriation pour cause d'utilité publique, les immeubles ou portions d'immeubles dont l'occupation sera nécessaire pour l'exécution des travaux.

ARTICLE 5.

L'adjudication ne sera valable et définitive qu'après avoir été approuvée par le Ministre de l'Intérieur.

ARTICLE 6.

A compter du jour où le passage du pont sera livré au public et jusqu'à l'expiration du terme qui sera fixé par l'adjudication, il y sera perçu un péage conformément au tarif ci-après.

(Suit le détail du tarif).

ARTICLE 7.

Sont exempts des droits de péage..... (Les exempts désignés sont des personnes remplissant une fonction publique quelconque, ou traversant le pont dans un but d'utilité générale).

ARTICLE 8.

Les Ministres de l'Intérieur et des Finances sont chargés, chacun en ce qui le concerne, de l'exécution du présent décret.

Fait à Paris, à l'Elysée national, le quatre novembre 1851.

Signé : L.-N. BONAPARTE.

Le Ministre de l'Intérieur, Signé : E. DE THORIGNY.

TABLE DES MATIÈRES.

Pièces justificatives

AUXERRE. — IMPRIMERIE DE LA CONSTITUTION.

www.ingramcontent.com/pod-product-compliance
Ingram Content Group UK Ltd.
Pitfield, Milton Keynes, MK11 3LW, UK
UKHW012044240726
13965UKWH00003B/1030

9 782013 059442